역사를 귀감으로 삼아 역사의 주인으로
우뚝 서실 당신에게 이 책을 드립니다.

_____ 님께

_____ 드림

하늘을 버리고
백성을 택하다

정도전 ②

하늘을 버리고 백성을 택하다
정도전·2

2010년 6월 15일 초판 1쇄 발행 | 2014년 2월 20일 8쇄 발행
지은이 · 이수광

펴낸이 · 박시형
책임편집 · 권정희 | 표지디자인 · 김애숙

마케팅 · 장건태, 권금숙, 김석원, 김명래, 최민화, 정영훈
경영지원 · 김상현, 이연정, 이윤하
펴낸곳 · (주)쌤앤파커스 | 출판신고 · 2006년 9월 25일 제406-2012-000063호
주소 · 경기도 파주시 회동길 174 파주출판도시
전화 · 031-960-4800 | 팩스 · 031-960-4806 | 이메일 · info@smpk.kr

ⓒ 이수광 (저작권자와 맺은 특약에 따라 검인을 생략합니다)
ISBN 978-89-92647-44-1 (04810)
　　　978-89-92647-45-8 (세트)

- 이 책은 저작권법에 따라 보호받는 저작물이므로 무단전재와 무단복제를 금지하며, 이 책 내용의 전부 또는 일부를 이용하려면 반드시 저작권자와 (주)쌤앤파커스의 서면동의를 받아야 합니다.
- 이 책의 국립중앙도서관 출판시도서목록은 서지정보유통지원시스템 홈페이지(http://seoji.nl.go.kr)와 국가자료공동목록시스템(http://www.nl.go.kr/kolisnet)에서 이용하실 수 있습니다.
(CIP제어번호 : CIP2013026882)
- 잘못된 책은 바꿔드립니다.　• 책값은 뒤표지에 있습니다.

쌤앤파커스(Sam&Parkers)는 독자 여러분의 책에 관한 아이디어와 원고 투고를 설레는 마음으로 기다리고 있습니다. 책으로 엮기를 원하는 아이디어가 있으신 분은 이메일 book@smpk.kr로 간단한 개요와 취지, 연락처 등을 보내주세요. 머뭇거리지 말고 문을 두드리세요. 길이 열립니다.

이수광 장편소설

하늘을 버리고
백성을 택하다

정도전

②

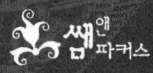

이 책의 순서

九 · 용이 여의주를 물다	10
十 · 황금 보기를 돌같이 하라	44
十一 · 천명을 기다리는 사람들	78
十二 · 피를 예고하는 개혁	96
十三 · 이상향을 향한 질주	106
十四 · 핏빛 태양	128
十五 · 생사의 간격	156
十六 · 생의 가치	188
十七 · 신념의 유산	200
十八 · 후서(後序) – 거인의 그림자	226
작가의 변辯	231
고독한 혁명가이자 위대한 사상가, 정도전과의 대화	
부록 · 정도전 연보	237

一 • 조선을 경영하다
二 • 천하를 가슴에 품은 소년
三 • 앞산 기슭에 가신 님 묻었다오
四 • 하늘로 솟는 신검
五 • 아아 그리워라, 요순의 태평성대여
六 • 사심을 버리다
七 • 제국에 내리는 비
八 • 영웅으로 태어나는 법
부록 • 정도전 연보

이 책은 팩트(실제 역사)와
픽션(이야기꾼의 상상력)이 공존하는 소설이다.

일러두기

이 소설에서 인용된《삼봉집三峯集》자료들은 한국고전번역원의 번역본을 기초로 재해석하였다.

九 · 용이 여의주를 물다

혁명의 길에는 동지가 필요한 법. 정도전은 마침내 이성계를 찾아 나선다. 그리고 야망으로 가득 찬 소년, 이방원을 만난다. 이들과의 만남은 인연이 될 것인가, 아니면 악연으로 끝날 것인가?

가을비가 구죽죽이 내리고 있었다. 차가운 빗줄기가 옷 속으로 스며들면서 냉기가 뼛속까지 찔렀다. 사내는 영마루에 올라서자 몸을 부르르 떨면서 시린 눈빛으로 산 아래 들판을 내려다보았다. 산들이 타는 듯 붉은 것은 가을이 깊었기 때문이고, 들판에 사람이 보이지 않는 것은 겨울을 재촉하는 찬비가 내리고 있기 때문일 것이었다. 아무 짝에도 쓸모가 없는 가을비다. 구죽죽이 내리는 비가 청승맞은 것은 가을 탓이 아니라 빈 들판을 달리는 바람처럼 그의 가슴이 텅 빈 탓일 터였다.

'갈아엎어야 돼.'

사내가 신음처럼 내뱉었다. 가슴속에서 울분이 솟구쳤다. 혼탁한 세상, 아무것도 하지 못하고 있는 자신이 비참하게 느껴졌다. 세상은 그의 뜻대로 움직이지 않았다. 가슴속에 천하를 품고 있는 자신을 핍박하는 세상이 야속했다. 시골의 작은 서당조차 헐어버린 더러운 세상을 용서할 수 없었다. 사내는 삿갓을 비스듬히 올려 쓰고 잿빛 하늘을 올려다보았다. 어두컴컴한 잿빛 하늘 어디에도 새 세상이 열릴 징조는 찾기 힘들다. 천명(天命)이니, 하늘의 뜻이니 하는 말들은 모두 사람들이 지어낸 것이리라.

'그가 과연 천하를 도모할 만한 그릇인가? 함주까지 가는 길이 헛고생이 아니었으면 좋겠구나.'

가슴에 울분만 쌓인 이 사내는 정도전이었다. 그는 이성계의 얼굴을 가만히 떠올려 본다. 동북면도지휘사 이성계. 고려조정에서 주목받는 인물은 아니다. 정도전은 지푸라기를 잡는 심정으로 함주로 향하고 있는 것이다. 그도 이성계를 자세히 알지 못했다. 아버지가 돌아가셨을 때 이색의 집에서 잠깐 얼굴을 보고 몇 마디 나눈 것이 고작이었다.

정도전은 무위도식하면서 고려의 많은 인물들을 살폈다. 하지만 자신과 같은 뜻을 품은 자들은 아무도 없었다.

'장수는 될 수 있어도 한 나라를 담을 수 있는 그릇은 아니다.'

정도전은 고려의 많은 인물들에게 실망했다. 이제 남은 것은 이성계밖에 없다고 생각했다. 1382년, 동북면도지휘사로 있던 이성계를 찾아가는 정도전의 초라한 몰골을 비웃듯이 하늘에서는 비가 내리고 있었다.

이성계는 무장이라고 해도 학자에게 학문을 배워 문리를 깨우친 인물이다. 한 고조 유방도 시정의 부랑배가 아니었던가. 유방이 천하제

일의 책사인 장량과 명장인 한신을 만나지 못했다면 중국 통일의 위업을 이루어내지는 못했을 것이다.

고려는 5백 년을 면면히 이어져 내려왔다. 한 왕조가 5백 년을 지탱해 왔으면 왕기가 쇠했을 가능성이 높다. 이제는 새로운 왕조가 일어나야 한다. 정도전은 자신의 생각을 굳게 믿었다. 동북 면 함주로 가는 길은 빗속에서 고즈넉했다. 정도전은 노랫가락을 읊듯이 시 한 수를 외우며 휘적휘적 산을 내려가기 시작했다.

> 5년에 세 번이나 집을 옮겼는데
> 금년에 또 이사를 하게 되는구나
> 들은 넓은데 띠집은 보잘것없이 초라하고
> 산은 길게 뻗었는데 고목은 쓸쓸하구나
> 밭가는 사람에게 서로 성 물어 보고
> 옛 친구는 편지조차 끊어 버리네
> 천지가 능히 나를 받아주려니
> 표표히 가는 대로 맡길 수밖에

집을 이사한다는 뜻의 〈이가移家〉라는 제목의 시였다. 시에 있는 것처럼 정도전은 5년에 세 번이나 이사를 할 정도로 이인임 일파의 탄압을 받았다. 이제 그는 곤고한 유랑생활을 마치기 위해 마지막 선택을 하는 것이다.

"이성계 대장군의 막사는 어디에 있습니까?"

정도전은 수많은 깃발이 펄럭이는 함주의 막사에 이르자 군사들에게 물었다.
"누군데 대장군의 막사를 찾는 것이오?"
군사들이 정도전의 위아래를 살피면서 물었다.
"정도전이라는 사람이 대장군께 술 한 잔 얻어먹고 싶어 왔다고 전해 주시오."
정도전은 눈을 지그시 감고 말했다.
"이 사람이 제정신인가? 우리 장군님이 어떤 분인데 감히 술을 얻어먹겠다는 거야?"
군사들이 눈을 부릅뜨고 소리를 질렀다. 그들은 정도전을 이성계에게 안내해 주려고도 하지 않았다.
"나중에 대장군께서 내가 왔다가 그냥 갔다는 것을 알게 되면 그대들의 경을 칠 것이오."
"무얼 하는 사람인지 모르겠으나 이름 석 자만 가지고 대장군을 뵙겠다는 말이오? 공연히 귀찮게 하지 마시오."
"전 성균관 박사 정도전이 왔다고 전해 주시오."
군사들은 새삼스럽게 정도전의 초라한 몰골을 살핀 뒤 안으로 들어갔다. 그러나 이성계보다 먼저 달려 나온 것은 홍안의 소년이었다.
"선생님, 선생님께서 이 먼 곳까지 오실 줄 몰랐습니다. 진작 찾아뵙지 못해 송구합니다."
소년이 공손하게 인사를 올렸다.
"그대는 누구인가?"

정도전이 의아한 표정으로 소년을 살폈다. 소년은 눈이 부리부리하고 기골이 장대했다.

"방원이라고 합니다. 선생님의 고명은 익히 들었습니다."

이방원은 이성계의 다섯째 아들로 과거에 급제한 인물이다. 무장 출신이면서 과거에 급제를 했기 때문에 정도전도 이름을 들어서 알고 있었다.

"소년 영웅이로군. 이 장군님의 몇째 자제입니까?"

"다섯째입니다."

이방원과 정도전의 운명적인 첫 만남이다.

"핫핫핫! 호랑이 새끼에 고양이가 없다더니 명불허전(名不虛傳)입니다."

"과찬이십니다. 제가 아버님께 모시고 가겠습니다."

이방원은 정도전을 공손하게 안내하여 이성계의 대군영으로 데리고 갔다. 이성계는 정도전이 왔다고 하자 깜짝 놀라서 군영 밖으로 달려 나왔다.

정도전과 이성계. 그들은 군영 앞에서 벼락을 맞은 듯이 마주 바라보았다. 그들은 서로를 탐색하듯이 오랫동안 살폈다. 먼저 침묵을 깨뜨린 것은 이성계였다.

"정 공(鄭公), 정 공이 이 누추한 곳까지 어쩐 일이시오?"

이성계가 탐색을 끝낸 듯이 정도전의 손을 덥석 잡았다.

"송구스럽지만 천하를 유랑하다 지쳐서 장군께 의탁하려고 왔습니다. 이틀을 굶고 먼 길을 왔는데 먹을 것을 좀 주십시오."

정도전은 제 집에 돌아오기라도 한 것처럼 이성계에게 거침없이 음식을 요구했다.

"잘 오셨소."

이성계는 반갑게 정도전의 손을 잡고 대군영 막사로 들어갔다. 군사들은 초라한 몰골의 정도전을 환영하는 이성계를 이해할 수가 없었다. 막사로 들어간 정도전은 이성계가 군사들에게 지시하여 술과 음식을 차리자 고맙다는 말도 없이 게걸스럽게 먹기 시작하였다. 이성계의 휘하 막장들은 정도전이 음식을 먹는 것을 보고 웅성거리면서 눈살을 찌푸렸다. 남루한 옷차림에 귀인다운 풍모라고는 전혀 없는 인물이었다. 정도전은 이성계 휘하의 장수들은 아랑곳하지 않고 음식과 술을 다 먹은 뒤에 피로하다면서 이성계의 침상에서 쿨쿨거리고 잠을 잤다.

"장군, 저자가 뭘 하는 작자인데 감히 장군의 침상에서 잠을 자는 것입니까?"

조영규가 의아한 표정으로 이성계에게 물었다.

"시건방진 작자입니다. 장군을 무시하는 것은 우리 동북 면 무장들을 무시하는 것이나 다를 바 없습니다. 저런 놈은 몽둥이로 두들겨서 내쫓아야 합니다."

이성계의 무장 조영규(趙英珪), 이지란(李之蘭), 조영무(趙英茂) 등이 분통을 터뜨렸다. 이지란은 남송의 명장 악비 장군의 후손이었다. 악비 장군이 역적 진회의 모함으로 억울하게 죽자 후손이 고려에 귀화했다. 이지란은 이성계와 의형제를 맺고 편장으로 하여 활약하고 있었다.

"어리석은 소리들 하지 말라. 내 침상에 누워 있는 사람은 고려의 최고 실권자 이인임과 맞서 싸운 분이다. 그가 왜 나를 찾아왔는지 모르겠구나."

이성계는 침상에서 잠들어 있는 정도전을 살피면서 고개를 갸우뚱했다.

"장군, 성균관 박사라면 서생 아닙니까? 서생이 우리에게 무슨 도움이 되겠습니까?"

"맞습니다! 우리는 지금 호발도(胡拔都) 군을 격파해야 하는데 저런 서생이 어디에 필요합니까?"

이성계의 큰아들 이방우도 불만스러운 표정으로 말했다. 호발도 군은 여진족으로, 동북 면 일대에 출몰하여 노략질을 일삼아 이성계의 군대가 토벌하러 온 것이다.

"형님, 그렇지 않습니다. 삼봉 어르신은 저희에게 큰 가르침을 주실 분입니다."

방원이 큰형 방우를 제지했다.

"나를 찾아온 손님이다. 손님을 박절하게 대하는 것은 군자의 예의가 아니다. 너희는 무장이라 문인들을 가볍게 여기는 경향이 있다. 문인들에게 세상의 이치를 배우도록 하라."

이성계가 아들과 부하들에게 말했다. 정도전은 잠을 자는 체하면서 그들의 이야기에 귀를 기울였다.

'이성계는 포용력이 있구나. 부하들 중에서도 쓸 만한 인물이 많다. 더욱이 이방원이란 아들은 군계일학(群鷄一鶴)이다.'

정도전은 이성계가 도량이 큰 인물이라고 생각했다.

정도전은 이성계의 군영에 머물면서 아무것도 하지 않았다. 매일같이 밥을 먹고 술을 마시면서 군사들과 어울려 한가하게 잡담만 나누었다.
'이성계의 군대는 군율이 삼엄하고 충성심이 대단하다.'
이성계는 자신의 군대를 강군으로 이끌고 있었다. 상벌을 엄격히 하여 공이 있는 군사를 장수로 발탁하고 무능한 자는 가차 없이 도태시켰다. 대신 자신의 군대에 소속되어 있는 군사들은 가족까지 돌보았다. 이성계의 군대는 그로 인하여 가족과 같은 유대감을 갖고 있고 충성심도 뛰어났다.
'군대를 이렇게 이끌면 나라도 훌륭하게 다스릴 수 있다.'
정도전은 군사를 통솔하는 이성계의 지도력에 감탄했다. 마치 흙속에서 진주를 발견한 기분이었다.
"정 공, 혹시 내 군대를 사열하고 싶은 생각이 있소?"
하루는 이성계가 정도전에게 물었다.
"장군, 기회를 주시면 영광이겠습니다."
이성계가 무엇 때문에 자신에게 군사를 사열하게 하는지 정도전은 알 수 없었다. 이성계는 심기가 깊어 자신의 속내를 쉽게 드러내지 않았다.
'입이 무거운 것은 신중하다는 것이니 군주의 재목이다.'
정도전은 이성계에게 만족했다. 이성계는 군주가 갖춰야 할 여러 가지 덕목을 모두 갖추고 있었다.

고려는 누대에 걸친 부패와 전쟁으로 백성들이 도탄에 빠졌다. 조정은 무능하고 지도자들은 비전이 없었다. 이러한 시대는 한마디로 난세이고, 난세는 혁명이 가능한 시대다. 혁명을 가능하게 만들 수 있는 인물이 정도전이라면, 혁명을 성공시킬 수 있는 힘을 가진 자는 이성계였다.

정도전은 이튿날 군대를 사열하고 나직한 목소리로 이성계에게 말했다.

"훌륭합니다. 이 군대로 무슨 일인들 이루지 못하겠습니까?"

정도전은 자신의 뜻을 펼칠 수 있는 인물이 이성계라고 확신했다.

"무엇을 말하는 것이오? 정 공의 말씀을 알아듣지 못하겠소."

이성계가 빙긋이 웃으면서 물었다.

"왜구를 동쪽과 남쪽에서 치는 것을 말하는 것입니다."

정도전의 말에 이성계가 유쾌하게 웃음을 터트렸다. 그런 그들을 이방원이 결의에 찬 표정으로 바라보았다.

이성계와 정도전은 오랜 지기를 만난 듯이 고금의 흥망성쇠에 대해 이야기를 나누었다. 정도전은 이성계의 깊은 심지에 감탄하고, 이성계는 정도전의 박학다식한 학문에 탄복했다.

함주의 뒤에는 반룡산(攀龍山)이 우뚝 솟아 있었다. 정도전과 이성계는 말을 타고 반룡산 정상에 올랐다. 수령 수백 년이 되었음직한 거송이 그들을 맞이했다. 정도전과 이성계는 그 거송의 아래에 놓인 반석에 앉아 함주를 내려다봤다.

"장군께서는 고려를 어찌 보십니까?"

정도전이 나지막한 목소리로 이성계에게 질문을 던졌다. 그의 눈은 전에 없이 활활 타고 있었다.

"어찌 그런 질문을 하십니까?"

이성계의 눈에서도 푸른 서슬이 뿜어졌다.

"저는 장군이 어떤 그릇인지 알고 싶습니다."

"그릇이라… 그릇의 크기를 묻는다면 장부로 태어났으니 무엇인들 못 담겠습니까?"

"천하도 담을 수 있겠습니까?"

정도전의 말에 이성계의 눈에서 불꽃이 확 일어났다.

"담아야 한다면 담겠습니다."

이성계가 결연한 표정으로 대답했다. 이성계는 그때까지 새 나라를 창업한다는 생각은 갖고 있지 않았다. 고려가 혼돈에 휩싸이고 백성들이 도탄에 빠져 신음하자 부패한 권문세가를 갈아치워야 한다고 막연하게 생각했을 뿐이었다.

"천명은 하늘이 만드는 것이 아니라 사람이 만드는 것입니다. 제가 장군의 가슴에 천하를 담아드리려고 합니다."

"보잘것없는 사람을 그렇게 높이 평가해 주시니 몸 둘 바를 모르겠습니다. 그러한 일이 이루어지도록 해주신다면 평생 스승으로 모시겠습니다."

이성계가 옷깃을 여미고 정도전에게 공손히 절을 했다. 정도전도 황급히 맞절을 했다.

"이 일은 대사라 10년이 걸릴지 20년이 걸릴지 알 수 없습니다."

"모든 것은 선생에게 맡기겠습니다."

정도전은 뒤를 돌아 거송을 바라보았다. 수백 년 풍상을 겪고 자란 거송이 왕목(王木, 산의 나무를 지배하는 나무)처럼 의연하게 서 있었다. 정도전은 빠르게 소나무 껍질을 벗기고 시를 썼다.

아득한 세월에 한 그루의 소나무
몇만 겹의 청산에서 자랐도다
잘 있다가 다른 해에 서로 볼 수 있을 것인가
인간 세상 굽어보고 큰 발자취를 남기리

〈함영 소나무에 제하다 題咸營松樹〉라는 시다. 정도전은 함주에서 이성계와 그의 아들 이방원을 만난 후에 그들이 산림에 묻힌 인재라는 사실을 확신했다. 인간 세상을 굽어본다는 것은 천하에 군림하겠다는 포부를 밝힌 것이다.

'한 고조가 장자방을 쓴 것이 아니라, 장자방이 한 고조를 쓴 것이다.'

정도전이 술에 취하면 입버릇처럼 했다는 말이다. 이는 한 고조 유방이 뛰어나서 책사인 장량을 수하에 거느린 것이 아니라 장량이 현명하여 유방을 선택했다는 말로, 이성계가 정도전을 등용한 것이 아니라 정도전이 이성계를 발탁했다는 뜻이다.

정도전은 함주에서 이성계와 남은 이야기를 나누고 개경으로 돌아왔다.

이성계는 정도전이 그의 군영에서 며칠 동안 머물다가 돌아간 일이 마치 꿈만 같게 느껴졌다. 정도전과 이야기를 하면 할수록 그의 높은 정신세계에 빠져 들어갔다. 정도전은 이성계가 지금까지 접하지 못했던 세계에 대해 알려주었다. 그의 말은 폭포가 쏟아지듯이 장쾌하면서도, 강물이 도도하게 흐르듯이 유장했다. 영웅호걸들의 부침하는 삶과 수많은 나라들의 흥망성쇠 과정이 정도전의 입을 통해 흘러 나왔다. 그의 언변은 도도했고, 사상에는 새 나라 건설과 천하 경영의 야심이 담겨 있었다.

이성계는 제환공이 관중을 스승으로 모시고 패도에 대해서 배웠듯이 정도전과 이야기를 하면서 새 세상을 본 듯한 기분이 들었다. 이성계는 정도전을 통해 천하를 보았고, 정도전은 이성계에게 천하를 경영하는 법을 일러주었다.

이성계는 술을 마셔도 조금도 취기가 오르지 않고 한동안 잠도 자지 못했다. 정도전은 이성계에게 부하들을 통솔하는 법을 적은 책까지 주었다. 그것은 그가 읽은 그 어떤 책보다도 뛰어난 병서였다.

"유비는 제갈량을 찾아 삼고초려를 했는데 선생께서 몸소 이 사람을 찾아오셨으니 이성계의 복입니다."

이성계는 정도전에게 진심으로 사례의 말을 했다.

"현자는 어리석은 주인을 섬기지 않는다고 했습니다."

정도전이 빙그레 웃으면서 말했다.

"이성계는 눈을 감을 때까지 선생을 스승으로 모시겠습니다."

"아직은 때가 아닙니다. 제가 장군의 막사를 찾아온 것을 비밀에 붙여야 합니다."

이성계는 정도전과 천하를 도모하기로 굳게 약속했다. 정도전은 마지막 날 이성계와 함께 시를 짓고 유쾌하게 술을 마셨다. 떠나기 전에는 호발도 군을 격파하는 전략까지 일러주었다.

"아버님, 선생을 만나 보니 어떠셨습니까?"

정도전이 떠난 뒤에 이방원이 물었다.

"너는 어떻게 보았느냐?"

"천하를 논할 인물이라 생각되었습니다."

"그래. 그의 머릿속에는 천하가 들어 있다."

이성계 역시 정도전에게 깊이 감탄하고 있었다.

"아버님, 선생의 의복이 남루한데 어찌 그냥 보내셨습니까? 좋은 의복과 식량을 딸려 보내야 했지 않습니까?"

이방원은 무인인 그의 형들과 달리 학문을 배웠기 때문에 정도전이 출중한 인재라는 것을 알고 있었다. 훗날 이방원은 벼슬이 고려에서 제학(提學)에 이른다. 제학은 문장이 뛰어난 학자가 되는 것이 오랜 관례여서 그 지위에 임명되면 모든 관리들이 가문의 영광으로 생각했다.

"고매한 선비에게 어찌 그와 같은 수고를 끼치겠느냐?"

이성계는 정도전의 집으로 쌀과 의복을 보내라고 이방원에게 지시했다. 이날 이후 이성계는 해마다 정도전의 집으로 쌀과 피륙을 보내 정도전이 생계에 연연하지 않도록 배려했다.

"이성계와 함께 무엇을 꿈꾸시는 것입니까?"
하륜이 담담한 어조로 함주에서 돌아온 정도전에게 질문했다. 하륜은 정3품 전리판서(典理判書)로 재직하고 있었다.
"자네와 같은 것을 꿈꾸고 있네."
정도전이 빙그레 미소 지으며 대답했다.
"그런데 왜 이성계와 함께입니까?"
"최영은 결함이 있네."
최영은 권력의 핵심부에 있었기 때문에 개혁보다 안정을 바라고 있었다. 우왕이 불과 10세로 왕이 되어 이인임이 권력을 마음대로 농단하는데도 최영은 아무런 제지를 하지 않았다.
최영의 시대는 전쟁의 시대였다. 그는 홍건적과의 전투를 통해 급성장한 인물이었다. 홍건적이 10만 명의 대군으로 휘몰아 달려왔을 때, 최영은 안우, 이방실 등 고려의 장군들과 함께 격렬한 전투를 전개했다. 하지만 홍건적은 순식간에 평양을 점령하고 이어 도읍 개경을 함락시켰다. 고려는 도읍까지 내주면서 남쪽으로 퇴각하는 상황에 빠졌다.
"홍건적이 우리 강토를 유린하고 있는데 퇴각만 할 것인가? 우리가 오랑캐에게 국토를 빼앗겨야 하는가? 너희의 목숨을 나에게 맡기라! 한 놈의 적이라도 죽이고서 죽어라!"

최영은 사자처럼 포효한 뒤에 장창을 휘두르며 적진으로 달려갔다. 그가 한번 장창을 휘두를 때마다 홍건적이 피를 뿌리고 낙엽처럼 쓰러져 뒹굴었다. 장수가 선봉에서 싸우자 군사들도 사기가 충천하여 맹렬하게 홍건적과 싸웠다. 개경 앞의 재령평야는 시체가 산을 이루고 피가 내를 채울 정도였다. 최영은 마침내 안우, 이방실 등과 함께 그들을 격파하여 개성을 수복했다. 홍건적 10만 명은 많은 사상자를 남기고 북으로 퇴각할 수밖에 없었다.

"최영 장군이 홍건적을 격파했다!"

최영 장군은 백성들과 공민왕으로부터 대대적인 환영을 받았다. 그는 어느 사이에 고려 최고의 명장이 되어 있었다.

"저는 최영이 출중한 장군이라고 생각합니다만, 삼봉 형님은 그렇게 생각하지 않습니까?"

하륜이 다시 정도전에게 물었다.

"나 역시 최영 장군이 난세에 등장한 영웅이라 생각하네. 다만…."

정도전이 말을 머뭇거렸다. 1376년 연산(連山) 개태사(開泰寺)에 침입한 왜구에게 원수 박인계(朴仁桂)가 패배하자 민심이 흉흉해졌다. 이때 최영은 또다시 노구를 이끌고 출정하여 부여에서 왜구를 대파했다. 그는 진정 고려 최고의 무장이었다.

"이성계가 더 뛰어나다고 보십니까?"

"그렇지."

"최영 장군은 청렴합니다. 황금 보기를 돌같이 한다는 풍문이 있습니다."

"딸을 우왕에게 시집보냈네."

정도전이 먼 북쪽 하늘을 쳐다보았다.

"그렇다면 이성계의 어떤 점이 우리와 뜻을 같이할 만한 무장이라 보시는 겁니까?"

하륜의 질문에 정도전은 선뜻 대답을 하지 않았다.

이성계는 공민왕이 왕위에 있을 때 조정의 중앙무대로 진출했다. 1361년 이성계는 홍건적 10만 명이 고려를 침략하여 수도 개성이 함락되었을 때 수도탈환 작전에 참가하여 친병(親兵) 2천 명을 거느리고 가장 먼저 입성하여 명성을 떨쳤다. 원나라 장수 나하추(納哈出)가 수만 명의 군사를 이끌고 홍원지방을 휩쓸었을 때, 그는 동북병마사가 되어 혈전을 벌였다.

나하추는 군사 수만 명을 거느리고 조소생, 탁도경 등과 함께 홍원의 달단동에 주둔하였다. 그리고 합라만호(哈剌萬戶) 나연첩목아(那延帖木兒)에게 1천여 명의 군사를 거느리게 하여 선봉으로 삼았다. 이성계는 덕산동의 들에서 이들과 만나 싸웠다.

이성계는 고려에서 가장 무예가 뛰어난 장수였다. 그가 황룡대도를 휘두를 때마다 수십 명의 원나라 군사들이 한꺼번에 피를 뿌리고 죽었다. 원나라 군사들이 패하여 달아나자 이성계는 함관령, 차유령 두 고개를 넘으면서 추격하여 적들을 도륙했다. 이성계의 고려군은 적을 무수히 죽이고 사로잡았다.

그가 무장으로서 진가를 보여준 사건은 1380년, 왜구가 남도지방을 완전히 휩쓸었던 때였다. 고려 말, 왜구들의 노략질은 훗날 임진왜란 때보다 더 처참했다. 왜구의 노략질이 계속되자 삼도(충청, 전라, 경상) 도순찰사 이성계는 대군을 이끌고 남하하기 시작하였다.

왜구는 경상도 상주까지 진격하여 6일 동안 주연을 베풀고 부고(府庫)를 불살랐다. 이성계가 경산부(京山府)를 지나서 사근내역(沙斤乃驛)에 도착할 무렵에는 이미 배극렴(裵克廉) 등 아홉 원수가 그들에게 패전하여 심각한 상황에 이르렀다. 박수경(朴修敬)과 배언(裵彦) 같은 두 원수는 왜구와 싸우다가 전사했다. 왜구는 함양 일대를 도륙하고 파죽지세로 남원을 향해 진격하면서 운봉현(雲峰縣)을 불사르고 인월역(引月驛)에 진을 치고 있었다.

서울과 지방의 민심이 요동을 쳤다. 이성계가 남원에 이르자 배극렴 등 패전한 장수들이 길에서 그에게 절을 하고 눈물을 흘리며 기뻐하였다. 왜구는 1백 20리 밖에서 진을 치고 있었다. 이성계는 하루 동안 말을 휴식시킨 다음 바로 전투를 벌이려고 했다.

"적군이 험지(險地)에 있으니 그들이 나오기를 기다려 싸우는 것이 나을 것입니다."

장수들이 이성계를 만류했다.

"내가 군사를 거느리고 온 것은 왜구를 섬멸하기 위해서다. 어찌 그들을 기다려야 하는가?"

이성계는 부장들의 권유를 뿌리치고 진군하라는 영을 내렸다. 군사들을 거느리고 운봉을 넘자 왜구가 수십 리 밖에 진을 치고 있다는 첩

보가 들어왔다. 이성계는 본진을 먼저 보내고 황산(黃山) 서북쪽 정산봉(鼎山峰)에 올라 지세를 살폈다.

"적군은 반드시 이 길로 와서 우리의 후면을 습격할 것이다. 내가 마땅히 빨리 가야 되겠다."

이성계는 왜구가 본진을 습격할 것을 예상하여 말을 타고 달려갔다. 고려군의 본진은 평탄한 길을 따라 진군하다가 적군의 기세가 강성한 것을 바라보고는 싸우지 않고 물러갔다. 이때 해가 벌써 기울고 있었다. 이성계가 험지에 들어서자 적군의 기병과 예병(銳兵)이 함성을 지르며 사방에서 뛰어나왔다.

이성계는 함경도와 만주 벌판을 누비던 맹장이었다. 그의 활솜씨는 백발백중이고 기마술도 따를 자가 없었다. 그는 대우전(大羽箭) 20개를 쏘고 잇달아 유엽전(柳葉箭)으로 적군을 명중시켰다. 시위소리가 일어날 때마다 왜구들은 처절한 비명을 지르며 말에서 굴러 떨어졌다. 왜구는 이성계의 귀신 같은 활솜씨를 보고 공포에 떨면서 전의를 상실했다. 그들은 산에 의거하여 진을 펼치고 내려오지 않았다. 이성계는 요해지에 군사를 배치하고 장수들에게 산에서 버티고 있는 왜구를 공격하라는 영을 내렸다. 장수들이 군사들을 이끌고 산으로 달려 올라갔으나 왜구의 저항이 맹렬하여 패하고 말았다.

'시간이 흐르면 군사들이 지치게 된다. 속전속결로 적을 격파해야 승리할 수 있다.'

병법으로 볼 때 산 위에 있는 적을 산 아래에서 공격하는 것은 하책(下策)이다. 그러나 이성계는 기꺼이 병법의 하책을 이용하여 왜구를 격파할 결심을 했다.

"말고삐를 단단히 잡고 말을 넘어지지 못하게 하라!"

이성계는 군사들의 대오를 정돈하고 자신이 선봉에 서서 적진을 향해 달려갔다. 왜구는 화살을 비 오듯이 날린 뒤에 진을 나와 응전했다. 전투는 다시 치열하게 전개되었다. 이 전투는 훗날 황산대첩이라고 불릴 정도로 격렬해졌고 양측에서 많은 사상자를 냈다. 이성계는 왜구의 숫자가 훨씬 우세하고 지세가 불리했는데도 정공법으로 몰아붙였다.

"장군, 뒤를 보십시오!"

뒤에서 적장이 긴 창을 휘두르며 달려오는 것을 본 이성계의 편장 이두란(李豆蘭)이 다급하게 소리를 질렀다. 그러나 이성계는 미처 뒤를 돌아볼 여유가 없었다. 이두란이 황급히 활을 꺼내 적장을 쏘아 죽였다. 이성계는 아슬아슬하게 위기를 넘겼다.

"병사들은 나를 따르라!"

이성계가 야차처럼 공격하자 왜구도 필사적으로 응전했다. 전투는 시간이 흐를수록 아수라의 지옥으로 변해 갔다. 사방에서 피보라가 자욱하게 뿌려지고 비명 소리가 난무하였다. 팔다리가 잘린 병사, 창자가 쏟아져 나온 병사, 목이 잘린 병사들의 시체가 골짜기를 메워 시산혈해의 광경이 이어졌다. 이성계는 온 몸에 피를 뒤집어쓴 것처럼 갑옷이 혈의로 변했는데도 병사들을 독려하면서 왜구를 도륙했다. 그의 칼이 허공을 가를 때마다 왜구들이 처절한 비명을 지르면서 나뒹굴었다. 이성계는 말이 화살에 맞아 넘어지자 재빠르게 바꾸어 탔다.

한참을 싸우는데 또 말이 화살에 맞아 넘어졌으나 전광석화처럼 바꾸어 타고 적진을 종횡무진으로 누비면서 칼을 휘둘렀다.

"악!"

그때 날아오는 화살이 이성계의 왼쪽 다리에 꽂혔다. 대수롭지 않다는 듯 그는 화살을 뽑아내고 더욱 용감하게 싸웠다. 군사들은 이성계가 부상당한 것을 전혀 눈치 채지 못했다.

"적장을 죽여라! 적장을 죽여야 승리한다!"

왜구는 이성계를 여러 겹으로 포위했다. 특히 적장 아기발도(阿其拔都)는 머리에 쇠투구, 얼굴에는 동면구를 썼으며, 견고한 갑옷으로 온몸을 감싼 채 전장을 누볐다.

"두려워하지 말고 앞으로 나아가라!"

이성계는 기병 두어 명과 함께 포위를 뚫고 앞으로 돌진한다. 왜구들이 이성계의 앞에서 파도가 몰아치듯이 공격을 해왔다. 그러나 이성계가 선두에서 달려오는 8명을 죽이자 왜구들은 감히 앞으로 나오지 못했다.

"겁이 나는 자는 물러가라. 살려고 하는 자는 죽을 것이고 죽으려고 하는 자는 살 것이다. 앞으로 돌격하라!"

이성계는 맹렬하게 돌격하면서 군사들을 독려했다. 그때 왜구의 장수 아기발도가 말을 휘몰아 달려오는 모습이 보였다. 이성계는 재빨리 활을 들어 적장을 향해 쏘았다. 화살은 날카로운 파공성을 일으키며 날아가 아기발도의 동명구 끈에 정확히 적중해, 그의 투구가 머리에서 굴러 떨어졌다. 이성계는 그 사이에 재빠르게 두 번째 활을 쏘았다. 화살이 맹렬한 속도로 날아가 아기발도의 얼굴에 박혔다. 아기발도는 처절한 비명을 지르고 얼굴에서 폭포수 같은 피를 쏟아내며 말 아래로 굴러 떨어졌다.

"돌격하라!"

이성계의 갑옷도 피투성이가 되었고 산에는 왜구와 아군의 시체가 산처럼 쌓였다. 그가 피투성이가 되어 용전분투하자 고려의 장수와 군사들이 감동하여 죽음을 각오하고 돌격했다.

이성계는 군사를 휘몰아 왜구를 맹렬하게 공격했다. 왜구들은 혼비백산하여 산으로 달아났는데 부상을 당해 통곡하는 소리가 1만 마리의 소 울음소리와 같았다. 고려군은 승세를 타고 산으로 달려 올라가서는 북을 치며 함성을 질렀다. 왜구들은 전의를 상실하였다. 그들은 이리저리 쓸리면서 고려군을 피하기에 급급했다. 고려군은 그들을 뒤따라가면서 창으로 찌르고 목을 베었다. 시체가 골짜기마다 가득하고 냇물이 붉어 6, 7일 동안이나 빛깔이 변하지 않았다. 사람들이 물을 마실 수가 없어서 그릇에 담아 맑기를 기다린 후 한참 만에야 마실 수 있었다. 전리품으로 1천 6백여 필의 말과 헤아릴 수 없이 많은 무기를 얻었다. 왜구는 고려 군사보다 10배나 많았는데 단지 70여 명만이 지리산 방면으로 도망쳤다.

"적군의 주력은 괴멸되었다. 적의 씨를 남기지 않는 나라는 없으니 그들이 돌아갈 길을 열어주라."

이성계의 대승은 어지러운 고려조정을 승전 분위기로 바꾸었다. 이성계의 개선군이 보무당당하게 돌아오자 판삼사사의 벼슬에 있던 최영이 백관을 거느리고 동교(東郊) 천수사(天壽寺) 앞에서 영접했다. 이성계가 말에서 내려 재빨리 군례를 바쳤다.

"공이 아니면 누가 능히 이 일을 하겠습니까?"

최영도 재배하고 앞으로 나와서 이성계의 손을 잡았다. 이성계는 황산대첩이라 불리는 운봉전투로 고려의 영웅이 된 것이다. 개경에 있는 수많은 백성들도 연도에 몰려나와 그를 환영했다.

"삼가 명공(明公)의 지휘를 받들어 다행히 싸움에서 이긴 것이지 제가 무슨 공이 있겠습니까? 왜구들의 주력은 완전히 격파했으나 혹시 만약에 다시 침략해 온다면 제가 마땅히 책임을 지겠습니다."

이성계가 머리를 숙여 사례했다. 우왕도 이성계의 승전을 기뻐하면서 황금 50냥을 하사했다.

"장수가 적군을 죽인 것은 직책일 뿐인데 신이 어찌 감히 상을 받을 수 있겠습니까? 신은 황공하여 받을 수가 없습니다."

이성계는 사양하면서 아뢰었다. 그는 매사에 신중하고 깊이 생각하는 인물이다. 정도전은 그런 이성계를 최영보다 높게 평가한 것이다.

"최영은 청렴결백하지만 귀족 출신이네. 그는 백성들의 고충을 절대로 알 수가 없지. 하지만 이성계는 다르네."

정도전이 눈을 지그시 감으며 하륜에게 말하였다. 그가 원하는 세상은 요순시대의 태평성대였다. 정도전은 역성혁명이 아니면 요순시대의 이상향을 건설할 수 없다고 생각하였다. 고려의 귀족들이 가지고 있는 가치관이나 고루한 생각으로는 새로운 세상을 여는 것이 불가능했다. 무엇보다 이인임, 염흥방, 임견미 등이 정권을 장악하고 뇌물을 받으며 백성들을 착취하였기 때문에 정치가 어지러웠다. 우왕의 신임이 두터운 최영은 비록 청렴결백했으나 귀족 출신이기에 한계가 있었다. 정도전은 고려조정에 대한 희망을 버렸다.

'세상에서 가장 귀한 것은 백성이고 그다음 사직이고, 그다음이 군주다.'

사직은 국가와 같은 말이다. 이는 국가가 백성을 위하여 존재한다는 말로 우왕은 군주가 아니라 필부에 지나지 않는다는 뜻으로 해석된다. 우왕은 10세에 즉위하여 이색에게 학문을 배웠으나 환관들에게 둘러싸여 점차 음란해져 갔다. 그는 기생들을 대궐로 불러들이고 사냥을 자주 다녔다. 또한 전국에서 광대를 불러 온갖 유희를 동강(예성강 동쪽)에서 펼쳤기 때문에 국고가 남아나지 않았다. 하루는 우왕이 물속에서 발가벗고 여러 기생들과 말처럼 교접을 하였다. 그러자 하늘에서 크게 천둥 번개가 치고 비가 쏟아졌다.

"우는 임금이 아니다."

우왕의 음행이 계속되자 정도전이 하륜에게 말했다. 이는 맹자가 제 선왕에게 한 말, 걸왕과 주왕은 왕이 아니라 일개 필부라는 말과 같은 뜻이다.

정도전은 이성계가 있는 함주에 다녀온 뒤에 그의 천거로 전의부령(典儀副令)이 되고 정몽주의 서장관으로 명나라에 다녀왔다. 정도전은 명나라를 다녀오면서 광활한 요동 땅을 보았다.

'이곳은 옛날에 고구려와 발해가 다스렸던 땅이 아닌가? 5백 년이 걸리든, 천년의 시간이 필요할지라도 반드시 우리는 부국강병하여 요동을 되찾아야 한다.'

정도전은 고구려인들과 발해인들이 천군만마를 질타하며 요동을 달리는 생각을 했다. 그러자 가슴속에서 뜨거운 기운이 솟아오르는 것 같았다. 반원 정책으로 이인임의 미움을 받아 유배를 간 지 9년 만의 일이다. 정도전의 나이는 어느 사이에 43세가 되었다. 그는 이때부터 이성계의 측근으로 조선 개국을 위해 원대한 그림을 그리고 이를 추진해 나갔다. 이성계는 힘을, 정도전은 지략을 보유하였다.

1387년(우왕 13), 우왕의 뒤에서 무소불위의 권력을 휘두르던 이인임이 병으로 사직하였다. 그의 사직은 고려조정의 권력 구도에 중대한 영향을 미치는 사건이다. 정도전은 조정을 최영과 이성계가 중심이 되는 구도로 바꾸어야 한다고 생각했다.

때마침 전 밀직부사 조반이 염흥방의 종 이광을 백주에 살해하는 사건이 발생하였다. 조반은 12세에 아버지를 따라 북경에 가서 매부인 단평장(段平章)의 집에 머물면서 한문과 몽고어를 배웠다. 이후 원나라 승상 탈탈(脫脫)의 인정을 받아 중서성역사(中書省譯史)로 활약했다.

조반은 원나라가 명나라에 패망하여 고려에 돌아온 후, 1382년(우왕 8)에 판도판서(版圖判書)로서 하정사 겸 주청사가 되어 명나라에 갔다. 그는 명나라에게서 시호와 승습을 청하고 돌아와 밀직부사가 되었다. 그가 원나라와 명나라 말 모두 잘 했기 때문이다. 그러나 조반이 명나라에서 돌아오자 최고의 권력자 염흥방의 종 이광이 그의 토지를 빼앗았다. 조반이 애걸하자, 염흥방이 이를 돌려주었다. 하지만 이광이 또 그 밭을 빼앗고 그를 함부로 능멸했다. 이광은 조반이 따지자 눈을 부릅뜨고 포학을 부렸다.

"종놈 주제에 감히 조정대신을 능멸하니 용서할 수 없다."

조반은 장사 수십 명을 동원해 이광을 포위하여 살해한 뒤에 그의 집에 불을 질렀다. 조반은 이광을 살해하였으나 염흥방의 보복이 두려웠다. 조반은 염흥방에게 달려가서 자신의 억울한 사정을 호소하려 하였다. 그러나 염흥방은 이 소식을 먼저 알고 대노했다.

"조반이 반역을 꾀했으니 그를 잡아들여야 합니다."

염흥방이 우왕에게 고했다.

"조반을 즉시 잡아들이라."

우왕이 영을 내리자 염흥방은 순군 4백 명을 동원하여 조반을 검거하도록 지시했다. 그러나 조반이 이미 개경에서 도망친 뒤였기 때문에 어머니와 아내만 검거하여 개경으로 돌아왔다.

"조반이 달아났으니 현상금을 걸어야 합니다."

염흥방이 우왕에게 현상금을 걸게 하고 급히 조반을 잡으라는 영을 내렸다. 개경 부중은 조반을 잡으려는 군사들로 인해 발칵 뒤집혔다. 결국 순군 산원 정자교가 조반을 붙잡아서 순군옥에 가두었다. 마침 염흥방이 순군 상만호로 있었기 때문에, 그가 조반을 심문했다.

"6, 7명의 탐욕스런 재상들이 사방에 종을 풀어 남의 토지와 노비를 빼앗고, 백성들을 모질게 해치니 이들은 큰 도적이다. 지금 이광을 벤

것은 오직 국가를 도와 백성의 적을 제거하려 하는 것뿐인데 어째서 반란을 꾀했다고 하는가."

조반은 심문을 받으면서 오히려 염흥방과 권력을 잡고 있는 재상들을 비난하였다. 위관들이 하루 종일 고문했으나 승복하지 않았다. 염흥방은 조반에게 허위 자백을 받아내기 위해 가혹한 고문을 했다.

"나는 국적인 너희를 죽이고자 하는 사람이고, 너는 나와 서로 송사하는 사람인데 어째서 나를 국문하느냐."

조반은 조금도 굴하지 않고 위관들과 염흥방을 비난하였다.

"저놈이 주둥이질을 못하도록 입을 때려라."

염흥방은 더욱 노하여 군사들에게 영을 내렸다. 군사들이 조반의 입을 곤장으로 마구 때리자 그는 금세 피투성이가 되어 버렸다. 조반의 신문은 가혹하게 계속되었다.

"조반은 조정의 대신입니다. 반역한 정상이 뚜렷하게 드러난 것이 없는데 어찌 이토록 가혹한 고문을 할 수 있습니까?"

좌사의 김약채(金若采)가 고문을 반대했다. 그는 성품이 강직하여 불의를 보면 참지 못하는 인물이었다.

'이인임은 병으로 사직하고 염흥방은 조반의 옥사로 인심을 잃었다. 수구파를 제거할 절호의 기회가 온 것이다.'

정도전은 조반에 대한 옥사로 민심이 들끓자 수구파 제거의 책략을 세웠다. 조반에 대한 옥사는 신진 사대부들의 불만이 팽배해지는 결과를 낳았다.

"이제 수구파를 제거할 때가 왔습니다."

정도전은 이성계를 찾아가서 은밀하게 말했다.

"염흥방과 임견미의 세력이 조정을 장악하고 있는데 어찌 제거한다는 말이오?"

이성계는 신중한 인물이다. 그는 아직 군사를 일으킬 때가 아니라고 생각했다.

"먼저 염흥방을 친 다음에 임견미와 지윤을 공격하면 그들을 제거할 수 있습니다."

"그게 무슨 말이오?"

"조반의 옥사를 지휘하는 것은 염흥방입니다. 염흥방을 치면 조정의 최고 권력이 임견미에게 돌아간다는 말을 퍼트려 염흥방과 임견미를 떼어놓아야 합니다."

정도전은 자신의 책략을 이성계에게 설명했다. 이성계가 비로소 무릎을 치면서 기뻐했다.

"그대의 지모는 장자방을 능가하고 제갈공명이 살아온 듯하오."

"임견미를 제거할 때 장군의 부대는 개경 남산에 주둔해야 합니다. 그렇게 되면 최영과 함께 고려를 손에 넣을 수 있습니다."

이성계는 정도전의 말에 숨이 막히는 듯한 기분이 들었다. 정도전은 이성계에게 책략을 설명한 뒤에 최영을 찾아갔다. 최영은 딸이 우왕의 정비가 되었기 때문에 염흥방 못지않은 권력을 가지고 있었다.

"장군, 사대부들의 불만이 이만저만이 아닙니다. 고려를 떠받들고 있는 공께서 어찌 염흥방과 같은 무리와 결탁을 하고 계십니까?"

정도전이 최영의 눈치를 살피면서 한숨을 내쉬는 시늉을 했다.

"누가 누구와 결탁을 했다는 것인가?"

최영이 불을 뿜을 듯이 차가운 눈으로 정도전을 노려보았다.

"공과 염흥방이 정치를 함께하고 있지 않습니까? 청렴한 공이 부패한 염흥방과 어찌 정치를 같이 하는 것입니까? 세상 사람들이 모두 공을 안타까워하고 있습니다."

"염흥방도 공이 없는 사람이 아니네."

"고려 5백 년 사직이 한순간에 무너질까 봐 걱정을 하고 있습니다."

"어찌 고려가 멸망한다는 것인가?"

"공께서 청렴하신 것은 세상이 다 알고 있습니다. 그러나 청렴한 것만으로 나라가 잘 다스려집니까? 조반처럼 죄 없는 대신이 죽을 지경에 이르렀는데 직언을 올리지 않으니 공에게 어찌 죄가 없다고 하겠습니까? 염흥방의 무리와 다를 것이 없습니다."

"닥쳐라! 나를 염흥방의 무리와 비교하지 마라. 내 평생 부패한 일을 한 일이 없다."

"그렇다면 염흥방을 제거해야 하지 않습니까?"

"염흥방의 세력이 조정에 가득 차 있는데 어떻게 제거하는가? 섣불리 손을 쓸 수 없다."

"왕의 명령만 있다면 어려운 일도 아닙니다. 이성계 장군과 함께 염흥방을 제거하십시오. 그러면 장군께서 고려의 실권을 장악할 수 있습니다."

정도전의 말에 최영이 무릎을 쳤다. 염흥방의 무리를 제거하면 정권이 그에게 돌아온다. 최영은 정도전을 돌려보내고 깊은 생각에 잠졌다. 그러잖아도 염흥방의 무리들에게 불만을 갖고 있던 최영이었다. 그는 염흥방이 조반을 국문하고 있는 사이에 우왕을 비밀리에 알현했다.

"염흥방과 임견미가 권력을 마음대로 휘두르고 있습니다. 이들은 권력을 이용하여 사사로이 재물을 취했으면서도 군사들에게는 녹봉을 지급하지 않아 먹을 것이 없을 정도입니다."

"그들이 왜 그런 짓을 하는 것이오?"

우왕은 고개를 갸우뚱했다.

"염흥방의 종이 폐하께서 임명한 조정 대신의 땅을 빼앗아 이 대신이 사람들을 데리고 이광을 죽였습니다. 그러자 염흥방은 대신을 순군옥에 가두고 가혹하게 고문하고 있습니다. 종들까지 조정 대신을 능멸하는데 염흥방과 임견미야 오죽하겠습니까?"

"조정 대신은 누구를 말하는 것이오?"

"조반입니다. 그 어미와 부인까지 순군옥에 가두고 고문하고 있습니다."

"허면 어찌해야 하오? 경의 의견을 말해보시오."

"제거하십시오."

"염흥방과 임견미가 반란을 일으키면 어찌할 것이오?"

"신과 이성계 장군이 폐하를 호위할 것입니다."

"조반과 그 어미와 아내를 석방하라고 명하고, 또 의약과 갖옷을 주라. 재상들은 이미 부자가 되었으니 녹을 주는 것을 정지하고 우선 먹을 것이 없는 군대에 나누어 주라."

우왕이 영을 내렸다. 최영은 우왕의 허락을 받자 재빨리 정도전에게 연락하여 순군을 최영과 이성계의 군사로 교체했다.

"폐하, 염흥방을 옥에 가두고 심문해야 합니다."

최영이 다시 우왕에게 아뢰었다.

"염흥방을 하옥하라."

우왕이 영을 내리자 고려조정은 긴박하게 움직이기 시작한다. 정도전은 최영과 이성계를 오가면서 염흥방 제거작전에 돌입했다. 이성계는 전광석화처럼 군사를 동원하여 조반을 심문할 준비를 하던 염흥방을 체포하고 그의 수하 장수들까지 모조리 검거하여 무장해제를 시켰다. 이인임의 뒤를 이어 절대 권력을 휘두르던 염흥방이 하루아침에 몰락하게 된 것이다.

"염흥방이 체포되었으니 우리도 위험합니다. 즉시 군사를 동원하여 최영과 이성계를 죽이십시오."

임견미의 부하들이 당황하여 말했다.

"염흥방은 조반의 옥사 때문에 하옥된 것이다. 그가 제거되면 시중을 누가 맡겠는가?"

임견미가 웃으면서 손을 내저었다.

"시중이라니 무슨 말씀이십니까?"

임견미의 부하들이 어리둥절하여 물었다.

"최영으로부터 전갈이 왔다. 염흥방을 제거한 뒤에 나를 시중으로 천거한다고 했다. 내가 무엇 때문에 염흥방의 일로 군사를 일으켜 역신이 되겠느냐?"

 염흥방의 말에 부하들은 고개를 갸우뚱했다. 염흥방이 제거되면 임견미가 시중이 될 수도 있다. 그러나 어딘지 모르게 석연치 않은 점이 느껴졌다.

 이렇듯 최영과 이성계에 의해 염흥방의 세력이 제거되고 있는데도 임견미는 시중이 될 것이라는 망상에 빠져 움직이지 않았다. 그 바람에 최영과 이성계는 임견미의 견제를 받지 않고 염흥방의 세력을 일망타진할 수 있었다.

 이인임과 염흥방 일파는 10년 가까이 정권을 장악하였다. 요소요소에 그들의 일파가 많았기 때문에 염흥방을 체포한 최영과 이성계는 삼엄한 비상경계에 들어갔다. 정도전은 임견미와 지윤, 왕복해 등이 반란을 일으킬 것을 염려해 그들을 철저하게 감시했다. 그러나 염흥방 일파를 모조리 검거할 때까지 임견미는 움직이지 않았다.

 '어리석은 인간… 시중이라는 미끼에 넘어갔구나.'

 임견미가 움직이지 않자 정도전은 다음 작전으로 들어갔다.

 "이제는 임견미를 제거해야 합니다."

 정도전이 최영에게 찾아가서 말했다.

 "임견미는 군사를 거느리고 있지 않은가?"

 최영은 선뜻 군사를 일으키려고 하지 않았다.

 "이성계 장군과 함께 임견미의 집 주위에 군사를 매복시키십시오. 그리고 왕에게 아뢰어 녹을 지급하지 않아 스스로 반란을 일으키게 하십시오."

"이성계가 나와 뜻을 같이하겠는가?"

"이성계 장군은 장군의 오른팔이 되겠다고 하였습니다."

최영은 결국 이성계와 함께 개경 남산 북쪽에 군사를 배치하였다. 임견미는 염흥방이 체포되었기 때문에 자신이 문하시중이 될 것이라고 굳게 믿고 있었다. 어리석게도 7일이 지나서야 자신의 군사들에게 녹미의 지급이 중단되었다는 사실을 알게 됐다. 그는 그때서야 속았다는 사실을 알고 불같이 노했다.

"7일마다 녹을 주는 것은 옛 제도이다. 지금 까닭 없이 폐지하니 어찌 임금의 도리인가. 옛날부터 임금의 잘못을 바로잡은 신하가 있다."

난을 일으키기 위해 임견미는 부하들을 모았다. 하지만 이미 최영과 이성계의 갑사들이 임견미의 집 주변을 모두 막아놓았기 때문에 그들은 출동할 수가 없었다. 그들은 되돌아 와서 임견미에게 이 사실을 고했다. 사태가 불길하게 돌아가자 임견미가 한숨을 내쉬었다. 그의 집은 남산 북쪽에 있었다. 임견미가 남산을 쳐다보자 최영과 이성계의 기병이 이미 빽빽하게 대열을 이루고 있는 모습이 보였다.

"이인임이 나를 그르쳤다!"

임견미는 최영과 이성계의 대군에 포위된 것을 보고 절망감에 빠졌다. 임견미와 염흥방은 최영이 청렴강직하고 중요한 병권을 쥐고 있었기 때문에 항상 제거하려고 했다. 그러나 이인임이 굳이 반대했기 때문에 죽이지 못했던 것이다.

고려조정은 염흥방과 임견미의 체포로 무시무시한 피바람이 불게 된다.

"죄수의 신문을 이방원에게 맡겨 주도하게 하십시오."

정도전이 이성계에게 제안했다. 이방원이 죄수들을 신문하면서 수구파 대신들에 대한 철저한 조사가 이루어졌다.

우왕은 최영을 문하시중으로, 이성계를 수문하시중으로, 이색을 판삼사사로, 우현보, 윤진, 안종원을 문하찬성사로, 문달한, 송광미, 안소를 문하평리로, 성석린을 정당문학으로, 왕흥을 지문하사로 임명하였다. 그들은 염홍방과 임견미 세력에 대한 대대적인 숙청을 단행했다. 염홍방과 임견미의 부하 1천 명을 참수하고, 그들의 처자식을 임진강에 던져 죽였다. 이어 처형당한 죄수들의 자손을 모조리 잡아 죽였는데 포대기 속에 있던 어린아이까지 강에 던지는 만행을 저질렀다.

이인임은 당시 사람들이 '이묘(李猫, 이 고양이)'라는 별명으로 부를 정도로 교활했다. 그는 최영이 이성계와 군사를 일으키자 즉시 사람을 보냈다. 최영을 지지한다는 의미였다.

"이인임이 계책을 결정하고 대국을 섬기어 국가를 안정시켰으니 공이 허물을 덮을 만합니다."

최영은 이인임과 친하게 지냈기 때문에 우왕에게 아뢰어 그의 죄를 용서했다.

"임견미와 염홍방의 옥사에 큰 도적이 그물에서 빠졌다."

백성들은 이인임이 처형을 당하지 않자 탄식했다.

"정직한 최영이 사사로운 정으로 늙은 도적을 살렸다."

정도전도 이인임을 죽이지 못한 것을 아쉬워했다.

十 · 황금 보기를 돌같이 하라

난세에는 영웅이 태어나고 영웅은 난세를 이끈다. 정도전은 마침내 최영과 건곤일척의 승부를 펼친다. 황금 보기를 돌같이 한 사내, 최영. 그는 왜 역사의 패배자가 되었는가.

1388년(우왕 14), 정도전은 스스로 외직을 자청해 남양부사가 되었다. 최영과 이성계가 고려조정의 실권을 잡고 있을 때 정도전이 외직으로 나간 것은 얼핏 이해할 수 없는 일이다. 하지만 일보 후퇴는 이보 전진을 가져오는 법이리라.

'이제 고려는 최영과 이성계 두 무인이 장악하게 되었다.'

정도전은 남양에서 개경을 바라보면서 개혁의 큰 그림을 그리기 시작했다.

'우왕은 신돈의 자식이다.'

정도전은 우왕의 출생에 대한 비밀을 공공연하게 거론했다. 음란한 행각을 벌이고 사냥을 다니면서 정사를 돌보지 않은 우왕에게 실망한 사대부들이 정도전의 선전에 동조하기 시작한다.

"고려는 역할을 다했소. 이제 역사에서 사라져야 하오."

정도전은 조준(趙浚)을 만나서 자신의 견해를 은밀하게 밝혔다. 조준은 이름 없는 가문에서 태어났으나 증조부가 충선왕의 장인이 되면서 명문이 되었다. 그는 6형제 중 다섯째였다. 아버지가 일찍 죽고, 그의 형제들이 아무도 관리가 되지 못하여 어머니가 탄식을 하자 비장한 각오로 공부하여 우왕이 즉위하던 해에 과거 급제를 했다. 강릉도 안렴사로 있을 때는 선정을 베풀어 백성들의 존경을 받았다. 또한 최영의 천거로 경상도에 내려가 왜구 토벌에 소극적이던 도순문사를 징벌하고 병마사를 참수하여 기강을 바로잡았다. 이후 우왕이 폭정을 일삼자 은거했으나 정도전이 그를 다시 부른 것이다. 정도전보다 4년이 아래인 조준은 경제에 밝은 유능한 학자였다.

"사직을 바꾸겠다는 말이오?"

조준이 놀라서 정도전을 바라보았다.

"그렇소. 임금을 바꾸는 것만으로 누대에 걸친 부패가 척결되지 않소."

정도전은 조준이 우왕의 폭정에 환멸을 느낀다는 사실을 잘 알고 있었다.

"자칫하면 수많은 사람들이 죽을 수 있소. 왕조가 바뀔 때 얼마나 많은 사람이 죽는지 공도 알 것이오."

"개혁을 위해서 피를 흘리는 것은 어쩔 수 없는 일이오."

"공의 스승은 용납하지 않을 것이오."

"내 이미 각오하고 있소."

"정몽주와 이숭인, 하륜도 공을 용납하지 않을 것이오."

"그 역시 각오하고 있소."

"스승과 동료까지 버리고 새 세상을 열어 공이 얻는 것은 무엇이오?"

정도전은 그 말에 어떠한 대답도 할 수 없었다. 살점을 도려내는 듯한 아픔이 느껴졌기 때문이다. 정도전이 진정한 벗으로 여기는 인물은 정몽주와 이숭인, 하륜이다. 정도전은 그들과 깊은 지란지교와 같은 우정을 나누고 싶었다. 그러나 시대는 그들의 우정을 원치 않았다.

조준이 돌아가고 얼마 되지 않았을 때 정도전은 황거정(黃居正)을 시켜 하륜을 불렀다. 그의 부름에 하륜이 망설이지 않고 달려왔다. 정도전은 호탕하게 웃으면서 집으로 들어선 그와 함께 집 뒤의 산으로 올라갔다.

"내가 언젠가 큰일을 도모할 때가 있을 것이라고 말한 것을 기억하고 있나?"

하륜은 정도전의 말을 듣자 전신이 팽팽하게 긴장되는 것을 느꼈다. 정도전이 사람을 보낸 것은 무엇인가 심상치 않은 일이 있다는 사실을 의미하는 것이다.

"어린 시절, 피를 흘리며 달리는 형님의 모습에서부터 이미 그 뜻을 읽었지요. 그리고 그때부터 저 역시, 형님의 뒤를 따르겠다고 결심했습니다."

정도전은 흐뭇하게 미소를 지었다.

"누구를 왕으로 세울 작정이십니까?"

하륜이 평소처럼 침착한 표정으로 물었다.

정도전은 웃으면서 손가락으로 땅 위에 재빨리 '목자입국(木子立國)'

네 자를 썼다가 지웠다. 목자(木子)는 파자로, 합치면 이(李) 자가 되니 이 씨가 새 나라를 세운다는 뜻이다.

"역시 이성계 장군이었습니까?"

하륜은 숨이 막히는 듯한 기분이 들었다. '왕' 씨가 아닌 '이' 씨였다. 그렇다면 고려에서 막강한 힘을 갖고 있는 우왕의 장인, 최영도 제거해야 한다. 책략에 밝은 정도전이 이성계를 선택해 나라를 바꾸려는 것이다. 스승인 이색은 이 사실을 알고 있을까? 혹시 스승님과 등을 돌리는 것은 아닐까? 우선은 정도전을 믿어 보자. 하륜은 그렇게 생각했다.

"형님의 주인이 나의 주인일 것입니다."

하륜은 정도전의 손을 굳게 잡았다.

하륜이 돌아가고 사흘밖에 되지 않았을 때 이번에는 이색의 문인 윤소종(尹紹宗)이 찾아왔다. 윤소종은 1365년(공민왕 14) 문과에 장원 급제하여 수찬(修撰)을 지내고 정언(正言)이 되자 환관이나 궁녀의 어지러운 정치를 바로잡을 것을 요구하는 상소를 올렸다가 파직된 강직한 인물이다.

'저 사람은 부르지도 않았는데 왔으니 어쩐 일인가?'

황거정은 정도전의 사랑에 문신들이 줄을 지어 찾아오는 것을 보고 놀랐다.

"공께서는 이 책을 한번 잘 읽어보시지요."

정도전은 윤소종에게 반고가 지은 한서(漢書)의 《곽광전霍光傳》을 주었다. 곽광은 표기장군 곽거병의 이복동생으로, 10세 무렵부터 무제를 보필하였다. 무제가 죽자 8세로 즉위한 소제(昭帝)를 보필하다가 연왕(燕王)이 반란을 일으키자 이를 빌미로 상관걸과 상홍양 등의 정적을 숙청하고 정권을 장악했다. 소제가 죽은 뒤에는 후계자인 창읍왕(昌邑王)의 제위를 박탈하고, 선제(宣帝)를 즉위하게 만들었다.

정도전이 《곽광전》을 윤소종에게 준 것은 우왕을 폐위시킨다는 뜻을 갖고 있다. 윤소종은 《곽광전》을 읽고 소름이 끼치는 듯한 전율을 느꼈다.

최영은 활시위를 팽팽하게 당겼다가 놓았다. 팽 하고 시위가 몸을 떨면서 공기가 진동을 했다. 시위는 밀랍을 먹인 면사 1백 겹을 꼬아 만든 것으로 화살을 거는 부분을 절피, 화살에 닿는 활의 허리를 출전피라 불렀다. 손으로 활을 잡는 부분은 줌피라고 부른다. 빈 시위의 줌피를 당겼다가 놓았을 때 이토록 맑은 소리가 울리는 것은 활이 명궁이기 때문이다.

'누구를 겨냥하여 활을 쏘는 것인가?'

집사 이숭원은 최영이 화살을 시위에 거는 것을 보고 목이 마르는 듯한 기분을 느꼈다. 최영이 활을 쏘는 것이 몇 년 만의 일이기 때문이다.

"시중 어르신…"

이숭원이 말을 건네기 위해 한발 앞으로 나갔을 때 최영이 시위를 놓았다.

쐐애애액….

화살이 날카로운 파공성을 일으키면서 바람을 가르며 날아갔다. 이숭원의 시선이 화살을 쫓았다. 화살은 눈 깜짝할 사이에 포물선을 그리면서 저 멀리 숲으로 날아갔다.

'여전히 기력이 정정하시구나.'

이숭원은 새삼스럽게 감탄했다.

"할 말이 있는가?"

최영은 이숭원을 돌아보지 않고 물었다.

"아무래도 이성계 장군을 제거해야 하지 않습니까? 남산에 군사를 주둔시킨 채 철수하지 않고 있습니다."

임견미를 제거할 때 이성계의 군사는 도성으로 들어와 남산에 주둔하고 있었다. 최영이 몇 번이나 도성 밖으로 철수시킬 것을 요구했으나 이성계는 이런저런 핑계를 대고 철수하지 않았다. 이성계는 군사를 남산에 주둔시켜 최영에게 노골적인 위협을 가하고 있었던 것이다.

"무슨 명분으로?"

"명분이야 만들면 되지 않습니까? 정도전은 사람을 모으고 있고, 이성계는 여론을 움직이고 있습니다."

"무슨 여론을 움직이는 것인가?"

"전민변정입니다. 뒤에서 이를 조종하고 있는 것이 정도전입니다."

전민변정은 토지를 농민에게 나누어주는 개혁을 말한다. 최영은 이성계 세력이 단지 공론을 유리하게 이끌기 위해서 토지개혁을 시도한다고 보았다.

"전민변정은 신돈도 추진했네. 정도전에게 가담하지 않은 자들도 있겠지?"

"이색, 정몽주, 이숭인이 전민변정에 반대하고 있습니다."

"하륜은 어찌 되었는가?"

"정도전과 손을 잡고 있습니다."

"위험한 놈들이야."

최영이 다시 시위를 놓았다. 그의 눈에서 퍼렇게 불길이 뿜어졌다.

정도전은 남양부사로 있으면서 심복들을 시켜 개경 일대에 건목득자(建木得子)라는 도참설을 널리 유포시켰다. 명분을 끌어내기 위해 치밀한 선전선동에 들어간 것이다. 최영과 이성계가 이인임 일파를 제거하면서 고려는 안정되는 것처럼 보였으나, 우왕의 난정은 더욱 심해져 도참설이 백성들에게 빠르게 파고들었다. '나무를 세워 아들을 얻는다(建木得子)'는 내용의 도참설은 파자를 이용한 것으로, 목(木)과 자(子)를 합치면 이(李) 자가 된다. 그렇기 때문에 이성계가 왕위에 오를 것이라는 사실을 암시하는 것처럼 보인다.

'왕 씨는 망하고 이 씨가 일어선다(王氏之亡李氏之興)'라는 예언도 개경에 파다하게 나돌아 민심을 흉흉하게 했다. 도참설은 당연히 최영의 귀에도 들어갔다. 최영은 도참설을 듣고 심기가 불편하여 활을 쏘고 있는 것이다.

'건곤일척의 승부를 보아야 하는가?'

이성계를 제거하기 위해 칼을 뽑아야 한다는 사실이 최영의 가슴을 무겁게 했다. 이성계와 격돌하면 누가 이길지 승부를 예측할 수 없다.

최영이 섣불리 군사를 일으키지 못하는 원인도 거기에 있었다.

'문제는 전민변정이다. 전민변정을 막으면 이성계가 힘을 쓸 수 없다.'

최영은 조민수의 얼굴을 떠올렸다. 조민수는 밀직부사 겸 전라도 조전원수(助戰元帥)를 지내면서 왜구를 격파하여 민심을 얻고 있는 무신이다. 대대로 조정에서 높은 벼슬을 지냈기 때문에 많은 토지를 갖고 있어서 신돈 때에도 전민변정을 반대했다.

최영은 그날 밤 조민수의 집을 찾아갔다.

"조 공, 그동안 별 일 없으셨소?"

사랑에 좌정하자 최영이 먼저 조민수의 얼굴을 살폈다.

"덕분에 잘 지내고 있습니다. 시중께서 저희 집에 어쩐 일로 찾아오셨습니까?"

조민수가 공손한 태도로 물었다.

"시중에 이상한 소문이 나돌아 조 공께서도 들으셨는지 궁금하여 왔소이다."

"이상한 소문이라 하시면?"

"시중에 사대부들이 다시 전민변정을 실시할 것이라는 소문이 파다하게 나돌고 있습니다."

"고연 놈들, 어찌하여 남의 토지를 빼앗아 천민들에게 나누어 준다는 말입니까? 이는 남의 재산을 약탈하는 도적이나 다를 바 없지 않습니까?"

최영이 예상했던 대로 조민수는 전민변정이라는 말을 듣자 얼굴부터 붉히면서 벌컥 화를 냈다.

"옳은 말씀입니다. 권문세가의 토지라는 것이 어디 그냥 얻어진 것입니까? 나라에 공을 세웠거나 애써 모은 재산입니다. 그것을 빼앗아 천민들에게 주면 누가 나라에 충성을 하겠습니까?"

"사대부들이라면 어떤 자들입니까? 이색, 정몽주, 이숭인, 조준, 정도전 같은 자들입니까? 사대부라는 자들이 무슨 개혁을 합네 하는데 저는 반대입니다."

"나도 반대를 하고 있습니다. 이색, 정몽주, 이숭인은 전민변정을 반대하고 정도전, 조준, 윤소종 등이 전민변정을 추진하는데 이성계 장군이 뒤에서 밀고 있는 것 같습니다."

"이성계가 그런 짓을 한다면 같은 하늘을 보지 않겠습니다."

조민수가 단호하게 말했다.

"정도전이라는 자가 이성계의 책사 노릇을 하고 있습니다. 그자를 제거하면 이성계는 무용지물입니다."

"그러면 정도전을 제거하지요."

"알겠습니다. 내가 정도전을 제거할 테니 이성계가 반발하면 조 공께서 나를 도와주십시오."

"이를 말씀입니까."

최영은 조민수와 굳게 약속을 하고 집으로 돌아왔다.

공교롭게도 최영이 조민수를 만나던 날, 조정에 명나라의 사신이 도착했다. 사신이 전한 내용은 개원 일대의 땅과 백성을 명나라에 귀속시키라는 통첩이었다.

"호부가 황제의 명을 받들어 명령하노라. 철령 이북, 이동, 이서는 원래 개원(開原)의 관할이니 여기에 속해 있던 군민(軍民), 한인(漢人), 여진, 달달, 고려는 종전과 같이 요동에 속한다."

명나라 요동 도사가 이사경(李思敬) 등을 보내어 압록강을 건너 붙인 방의 내용이다. 고려조정은 명나라의 통고에 발칵 뒤집혔다. 영토 문제는 어떤 임금이든지 한 치도 양보할 수 없는 절체절명의 과제였다.

'이를 핑계로 요동 정벌군을 일으켜야 한다. 그리고 이성계를 요동으로 보내야 한다. 이성계가 승리하더라도 명나라와의 전쟁으로 많은 군사를 잃어 힘이 약해질 것이고, 패해도 역시 대부분의 군사를 잃게 된다. 그때가 되면 이성계를 제거하는 것은 손바닥 뒤집는 것보다 쉬워질 것이다.'

최영은 요동 정벌과 이성계 제거를 위한 책략을 세웠다.

명나라의 통고는 남양에 있는 정도전에게도 알려졌다.

'최영이 군사를 일으키겠구나.'

정도전은 상황이 긴박하게 돌아간다고 생각했다. 대규모의 군사를 일으키면 최영이 총사령관이 되어 병권을 장악하게 된다.

'문제는 명분이다.'

최영은 청렴 강직한 인물이기 때문에 그를 제거하기 위해서는 백성들이 납득할 만한 명분이 있어야 했다.

'정세가 긴박하게 움직이고 있다. 이럴 때는 정도전이 내 옆에 있어

야 한다.'

같은 시각, 이성계는 정국을 예의주시하고 있다가 정도전에게 개경으로 돌아오라는 지시를 내렸다.

정도전은 다시 개경으로 돌아왔다. 명나라의 통첩은 이성계 진영도 바짝 긴장하게 만들었다. 철령 이북은 동북 면으로 이성계의 세력권이다. 이성계의 참모들은 요동에서 날아온 첩보에 대경실색했다. 정도전, 조영무를 비롯하여 이방원 형제들이 대책을 숙위하기 위해 모두 모였다.

"철령 이북은 우리의 세력권이니 여기를 잃으면 우리는 뿌리가 없어지게 됩니다. 요동으로 출정하여 명나라와 전쟁을 벌여 그들을 격퇴해야 합니다."

이방원이 이성계에게 말했다. 그의 주장에 이성계 휘하의 장수들은 대부분 고개를 끄덕였다.

"명나라를 상대로 하는 전쟁입니다. 가볍게 생각할 수 없습니다."

정도전이 눈을 지그시 감고 있다가 낮게 말했다.

"선생께서는 철령이 우리 땅이라는 것을 알고서 하시는 말씀입니까?"

이방우가 눈을 치켜뜨고 물었다.

"압니다. 그것뿐만 아니라 명나라 천자가 전쟁을 일으키면 백만 대군을 동원할 수 있다는 사실도 알고 있습니다."

"백만 대군이요?"

"홍건적 10만 명이 쳐들어왔을 때도 고려는 쑥밭이 되었습니다. 현재의 고려 국력으로 명나라 백만 대군을 당해낼 수 있겠습니까?"

정도전의 날카로운 말에 이방우가 입을 다물었다.

"허면 출정을 반대해야 하는 것이오?"

이성계가 비로소 정도전을 쳐다보고 입을 열었다.

"일단 상황을 지켜보는 것이 좋겠습니다."

정도전이 이성계에게 말했다. 이성계도 사태의 추이를 지켜보는 수밖에 대책이 없었다.

고려조정도 명나라의 요구에 대책을 세우느라 부산하게 움직였다. 명나라의 요구에 고려의 정국은 살얼음판을 딛는 것처럼 위태롭게 돌변했다. 최영이 정당에서 여러 재상과 함께 요동을 칠 것인가, 화친을 청할 것인가 가부를 의논하였다. 조정 대신들은 대부분 화친하자는 입장이었다. 다만 명나라에 사신을 보내 외교적인 노력을 벌이기로 의견을 모았다. 내용은 이러하다.

'철령 이북이 원나라가 한때 점거한 것은 사실이나 짧은 기간 점거한 것이었을 뿐 실제로는 고려의 영토이다.'

이에 따라 사신을 파견했으나 명나라는 고려의 주장을 한마디로 묵살하였다.

"철령 이북은 원래 원나라에 속하였으니 모두 요동에 귀속시키고, 개원, 심양, 신주(信州) 등처의 군사와 백성은 생업을 회복하도록 돌려보내라."

명나라에 파견되었던 사신 설장수가 남경으로부터 돌아와서 구두로 명나라 황제 주원장의 명을 고려조정에 전했다. 정도전은 설장수를 직접 만나 명나라의 분위기가 어떤지 물었다.

"명나라는 이미 원나라의 영토 대부분을 통일했습니다. 고려가 통첩을 따르지 않으면 천자의 명으로 군사를 일으킬 태세입니다. 북원을 공격하기 전에 고려를 칠지도 모릅니다."

설장수는 정도전에게 명나라의 사정을 자세하게 이야기했다.

"설 공에게 부탁을 하나 해도 되겠소?"

정도전이 설장수의 손을 잡고 물었다.

"무슨 부탁이시오?"

"최영을 만나시거든 명나라가 원나라와의 오랜 전쟁으로 국력이 약해졌다고 이야기하시오."

설장수는 이성계를 도와 조선을 개국한 아홉 공신의 한 사람으로 불린다. 그는 오래전부터 정도전과 교분을 나누었기 때문에 최영을 찾아가 정도전이 시키는 대로 말했다.

'설장수의 말을 들으면 명나라는 국력이 약해졌다. 이틈을 타서 공격하면 전쟁에 승리할 수도 있다.'

최영은 비밀리에 우왕을 만나 요동을 칠 것을 건의했다.

'민심은 오랜 흉년으로 전쟁을 반대한다.'

정도전은 민심의 변화를 읽고 우왕과 최영을 제거할 때가 되었다고 생각했다. 그는 이성계와 긴밀하게 협의하여 요동을 치는 것을 반대하라고 건의하였다.

"삼봉의 책략대로 요동을 치지 않으면 나의 세력권인 동북 면이 명나라에 넘어가게 됩니다. 요동을 쳐야 마땅한 것이 아니오?"

이성계는 요동 정벌을 반대하는 정도전을 이해할 수 없었다. 이방원을 비롯한 이성계의 무장들도 자신들의 세력권을 명나라에 할양하는 것을 반대했다.

"명나라가 철령 이북을 원하는 것은 땅이 필요해서가 아니라 고려를 압박하기 위한 것입니다. 우리를 길들이려고 하는 것이지요. 최영이 그 사실을 알면서도 굳이 요동 정벌을 단행하는 이유를 생각해 보신 적이 있습니까?"

"최영은 명나라를 응징하는 것뿐이오. 어찌 딴 마음이 있겠소?"

이성계와 무장들이 어리둥절한 표정을 지었다.

"그렇지 않습니다. 최영은 장군과 조민수 장군을 요동에 보내 명나라와 싸우게 하여 세력을 약화시키려는 것입니다. 장군께서 군사를 이끌고 명나라와 싸우면 승리하든지 패배하든지 많은 군사를 잃게 됩니다. 그렇게 되면 장군을 제거하는 것은 손바닥 뒤집는 것보다 쉬운 일일 것입니다."

정도전의 말에 이성계를 비롯한 무장들이 경악했다.

"최영이 어찌 그리 옹졸하겠소?"

이성계는 정도전의 말에 믿을 수 없다는 표정을 지었다.

"두고 보시면 아시겠지만 요동 정벌군의 총사령관은 최영이고 좌장군과 우장군은 조민수와 장군께서 맡으실 것입니다. 최영은 출정하지 않고 지휘만 할 것입니다."

"그렇다면 우리가 패하면 패배의 책임을 물어 군법으로 처형할 것이고, 승리한다 해도 명나라와 싸우면 많은 군사들을 잃게 되니 우리가 최영에게 당할 것이라는 이야기가 아닙니까?"

이방원이 부리부리한 눈으로 정도전을 쏘아보면서 물었다.

"그렇습니다."

"최영이 이 정도의 계략을 세울지 몰랐습니다."

이성계가 탄복했다는 듯이 말했다.

"그러면 뭘 합니까? 우리에게는 제갈량을 능가하는 삼봉 선생이 계시지 않습니까?"

이방원의 우직한 말에 좌중은 일제히 웃음을 터뜨렸다.

"장군께서는 요동 정벌을 반대하십시오. 그래도 불가피하게 출정하게 되면 위화도에서 회군하십시오."

"회군하라고?"

"요동 정벌의 책임을 물어 최영을 쳐야 합니다."

"최영이 그냥 있겠소?"

"일단 출정하면 군기를 삼엄하게 세워 전군을 장군이 통솔해야 합니다. 요동 정벌군이 회군하면 최영은 군대가 없어서 막지 못할 것입니다."

정도전의 무서운 책략이었다. 정도전은 최영의 계략을 꿰뚫어보고 있었고 이에 대응하는 지략을 세운 것이다.

최영의 요동 정벌론은 유학을 하는 사대부들도 대부분 반대했다. 사대부들이 요동 정벌을 반대한 것은 유학의 나라인 명나라와 대결하면 이념적 토대를 잃기 때문이었다.

이성계는 최영을 찾아가 군사를 일으키는 것은 옳지 않다며 다음과 같은 논리를 폈다.

"지금 군사를 내는 데에 네 가지 불가한 것이 있으니, 작은 나라로서 큰 나라를 거스르는 것이 첫 번째 불가한 것이요, 여름에 군사를 출동시키는 것이 두 번째 불가한 것이요, 온 나라가 멀리 정벌을 하면 왜적이 빈틈을 타서 침입할 것이니 세 번째 불가한 것이요, 때가 무덥고 비가 오는 시기라 활에 아교가 녹아 풀어지는 것과 대군이 전염병에 걸릴 것이 분명하니 네 번째 불가한 것입니다."

이성계는 명나라를 치는 것은 불가하다고 사불론(四不論)을 내세운 것이다. 그러나 최영은 요동 정벌을 강력하게 밀어붙였다. 이성계는 전략상 겨울에 요동을 칠 것을 청했으나 우왕과 최영은 요동이 전쟁 준비를 갖추기 전에 군사를 일으켜야 한다고 주장하였다. 지략과 지략의 대결이었다.

우왕은 최영의 주장을 받아들여 군사들을 동원하라는 영을 내렸고 이성계는 그 영을 일단 받들었다. 고려가 요동을 정벌하기 위해 군사를 동원하면서 전국은 전쟁의 바람에 휩쓸렸다.

우왕은 정도전이 예측한 대로 최영을 팔도도통사, 조민수를 좌군도통사, 이성계를 우군도통사에 임명하였다. 그리고 5만 대군을 이끌고 출정하라는 영을 내렸다.

정도전은 개경이 전쟁의 바람에 휩쓸리는 것을 예의 주시하면서 비상한 책략을 수립했다.

"위화도에 이르면 좌군도통사 조민수 장군을 설득하는 일이 중요합니다. 만약 설득되지 않으면 장군께서 동북 면으로 돌아간다고 하십시오."

정도전이 이성계에게 비밀리에 말했다.

"설득되지 않으면 나보고 군사들을 이끌고 동북 면으로 돌아가라는 말이오?"

이성계가 놀라서 물었다.

"조민수 장군을 곤경으로 몰아넣는 일입니다. 장군께서 동북 면으로 돌아간다고 하면 혼자서 명나라와 싸울 수도 없고 군법을 어기고 회군할 수도 없어서 사면초가에 빠질 것입니다."

"과연 기이한 책략이오."

이성계는 비로소 무릎을 치면서 기뻐했다.

'위화도에서 회군하는 것은 목숨을 걸어야 한다. 이제는 건곤일척의 승부를 내야 하는 것이다.'

이성계는 비장하게 각오를 다졌다. 정도전의 책략대로 이루어지면 고려를 손에 넣을 수 있으나, 실패하면 죽음뿐이다. 그것은 생각만 해도 무서운 일이었으나 반드시 성공하리라고 다짐했다.

'이성계는 제거되어야 한다. 개경에 이 씨가 왕이 된다는 소문이 나돌고 있는 것은 그들이 역성혁명을 준비하고 있기 때문이다.'

최영은 요동 정벌군을 일으키면서 이성계 일파의 음모를 꿰뚫어보았다. 최영 또한 무수한 전장을 누비면서 공을 세운 맹장이고 노련한 정치가였다. 개경에 나돌고 있는 참언이나 동요를 통해 역성혁명을 꿈꾸는 이성계 일파의 의도를 감지한 것이다. 명나라가 영토 분쟁을 일으키자 최영은 이 기회를 이용해 이성계를 제거하려는 책략을 세웠다.

"이성계가 반란을 일으키면 어찌할 것이오?"

우왕이 최영에게 근심스러운 목소리로 물었다.

"걱정하지 마십시오. 그의 아들과 부인을 감시하고 있다가 수상한 낌새가 드러나면 곧바로 체포하여 인질로 삼을 것입니다."

최영은 이성계의 반란에 대비하여 안전장치를 마련하고 있었다.

"최영은 지략이 뛰어난 장군입니다. 장군께서 출정하면 방원 공과 장군의 부인을 인질로 잡아두기 위해 감시를 할 것입니다. 방원 공은 장군께서 회군하게 되면 수하들을 매복시키고 있다가 즉시 가솔들을 이끌고 개경을 탈출하십시오."

정도전이 출정군에서 빠져 있는 이방원에게 당부했다.

우왕은 최영을 거느리고 자신이 직접 평양까지 출정하여 군사를 감독하였다. 그는 평양에 머물면서 여러 도의 군사를 징발하여 압록강에 부교를 만들었다. 또한 중들까지 징발하여 군대에 편제시켰다. 고려는 좌군과 우군이 합하여 5만여 명에 불과하였으나 대외적으로는 10만 군사라고 선전했다. 고려의 요동 정벌군은 5월이 되어서야 압록강을 건너서 위화도에 이르렀다.

이성계는 위화도에 도착하자 정도전의 책략대로 회군할 명분을 찾기 시작했다. 이때 여름이 시작되어 위화도에는 폭우가 쏟아졌다. 전쟁과 폭우에 놀라 도망하는 군사가 속출했다. 우왕이 도망병들을 모조리 잡아서 참수하라는 영을 내렸으나 금지시킬 여력이 안 되었다.

"신 등이 뗏목을 타고 압록강을 건넜으나 앞에는 큰 냇물이 있는데 비로 인해 물이 넘쳐, 제1여울에 빠진 사람이 수백 명이나 되고, 제2여울은 더욱 깊어서 주중(洲中)에 머물러 둔치고 있으나 한갓 군량만 허비할 뿐입니다. 작은 나라로서 큰 나라를 섬기는 것은 나라를 보전하는 도리입니다. 유지휘(劉指揮)가 군사를 거느리고 철령위(鐵嶺衛)를 세운다는 말을 듣고, 밀직제학 박의중(朴宜中)을 시켜서 표문(表文)을 받들어 품처를 계획했으니, 대책이 매우 좋았습니다. 지금 명령을 기다리지 않고서 갑자기 큰 나라를 범하게 되니, 종사와 생민의 복이 아닙니다."

이성계는 조민수를 설득하여 위화도에서 우왕에게 상언을 올렸다. 상언의 내용은 철령 이북의 영토 문제를 외교적으로 해결하고 군사를 회군하게 해달라는 것이었다.

"하물며 지금은 장마철이므로 활은 아교가 풀어지고 갑옷은 무거우며, 군사와 말이 모두 피곤한데, 이를 몰아 견고한 성(城) 아래로 간다면 싸워도 승리를 기약할 수 없습니다. 이때를 당하여 군량이 공급되지 않으므로 나아갈 수도 없고 물러갈 수도 없으니 장차 어떻게 이를 처리하겠습니까? 삼가 생각하건대 폐하께서 특별히 군사를 돌이키도록 명하시어 나라 사람의 기대에 부응하소서."

이성계와 조민수는 군사적인 이유까지 들어 철군하게 해달라고 여러 차례 청했다. 하지만 우왕이 들어주지 않자 군심이 흉흉해져 갔다. 이성계는 애초부터 요동을 정벌할 의사가 없었으나, 조민수는 충실하게 왕명을 따르는 사람이었다. 이성계는 조민수를 설득하여 회군하자고 요구하였다. 그러나 회군을 하면 군령을 거역하는 것이 되기 때문에 조민수는 망설였다. 군령을 거역하면 참형이고, 참형을 당하지 않으려면 반란을 일으켜야 한다.

"최영이 늙어서 정신이 혼몽하여 회군하자는 청을 듣지 않으니 부득이 우리 뜻대로 회군할 수밖에 없소. 우리가 개경으로 달려가 함께 왕에게 아뢰어 측근의 악인을 제거하여 생령을 편안하게 합시다."

이성계는 조민수에게 총사령관인 최영을 제거해야 한다고 말했다. 왕에 대한 반란이 아니라 최영에 대한 하극상이다. 그러나 조민수는 군령을 어길 수 없다며 거절했다.

'조민수가 결단을 내리지 못하는구나. 그렇다면 정도전의 책략대로 움직일 수밖에….'

이성계는 우왕과 최영이 회군한다는 청을 들어주지 않으니 자신은 군사들을 이끌고 동북 면으로 돌아가겠다고 강경하게 선언했다.

"이성계 장군이 친병(親兵)을 거느리고 동북 면을 향하는데 벌써 말에 올랐다."

고려 요동 정벌군에는 이성계가 떠난다는 말이 떠들썩하게 퍼졌다. 조민수는 당황하여 이성계의 군영으로 달려갔다. 이성계의 군사들이 떠나면 조민수의 군사들로 요동을 정벌할 수 없고 그렇다고 단독으로 회군할 입장도 아니었다. 이성계는 자신을 찾아온 조민수를 회유와 협박으로 설득했다. 이미 조민수의 수하 장수들까지 모두 몰려와 이성계에게 가담한 상태였다.

"장군이 떠나면 우리들은 어디로 가란 말입니까?"

조민수는 어쩔 수 없이 이성계에게 무릎을 꿇었다.

"내가 어디로 가겠습니까? 장군은 이렇게 하지 마십시오."

이성계가 조민수의 어깨를 잡아 일으켰다.

"국가의 안위가 오직 장군의 한 몸에 달려 있으니 어찌 명령대로 따르지 않겠습니까? 우리는 죽기로 맹세하고 장군을 따를 것이니 명령을 내려주십시오."

조민수가 이성계에게 굴복하자 고려의 마침내 5만 대군은 말발굽을 돌리게 되었다.

"만약 작은 나라가 큰 나라를 상대로 국경을 침범하면 큰 나라가 그냥 있겠는가. 내가 순리와 역리로써 글을 올려 군사를 돌이킬 것을 청했으나 왕은 살피지 아니했다."

이성계가 여러 장수들 앞에서 회군의 명령을 내렸다. 군중에는 무거운 침묵이 감돌았다. 이성계가 친병을 거느리고 있다고 하지만 반란을 일으키는 것은 무서운 일이다. 하지만 이성계 휘하 장수들을 비롯하여 조민수의 군사들까지 반란에 적극적으로 가담했다. 그것은 고려 말에 이미 여러 차례의 반란이 있었기 때문에 장수들이 반란을 일으키는 것을 두려워하지 않은 탓이었다.

"그대들은 나를 따르겠는가?"

이성계가 다시 언성을 높여 소리를 질렀다.

"우리가 죽고 사는 것이 장군의 한 몸에 매여 있으니 누가 감히 명령에 따르지 않겠습니까?"

장수들이 일제히 이성계의 영을 따를 것을 맹세했다.

"전군은 회군한다! 회군!"

이성계가 마침내 역사의 물줄기를 돌리는 영을 내렸다. 이성계는 즉시 군사를 돌이켰다. 압록강에 이르러 그는 흰 말을 타고 동궁과 백우전을 가지고 언덕 위에 서서 강을 건너는 군사들을 지휘했다. 때마침 폭우가 쏟아지기 시작하여 군사들이 공포에 질려 다투어 건넜다.

"예부터 지금까지 이 같은 장군은 없었다."

이성계가 마지막으로 강을 건너는 것을 보고 군사들이 감동에 젖어서 말했다. 이때 장마가 사흘 동안 계속되었는데도 위화도는 물이 범람하지 않았다. 5만 대군이 차례로 건너가고 난 뒤에야 강물이 범람하여 섬이 물에 잠기게 되었다.

대규모의 군사를 일으킬 때는 항상 군왕들이 장수들을 의심한다. 우왕과 최영은 막강한 사병을 거느리고 있는 이성계를 의심하고 있었다. 승패를 확신할 수 없는 요동 정벌군에 이성계를 내세운 것은 그의 군대를 소모시키기 위한 전략의 하나였다. 이성계의 군대를 약화시키는 방법은 명나라 군과 싸우다가 승리하든지 패하든지 전력 손실을 입는 것뿐이다.

노회한 장군들의 전략은 이 부분에서 불꽃을 튀긴다.

우왕과 최영은 이성계를 출정시키면서 이성계의 장남 이방우, 훗날 정종이 되는 이방과, 이두란의 아들 이화상을 우왕과 최영이 지휘하는 성주의 전시사령부에 배속시켰다. 이성계가 반란을 일으키면 그의 두 아들을 죽이려는 계략이다. 이성계의 아들들은 최영의 인질이나 다를 바 없었다.

당시 이방원은 전리정랑(典理正郞)으로 개경에 머물러 있었다. 이성계가 위화도에서 회군한다는 소식이 최영에게 날아온 것은 반란군이 이미 성주 가까이에 쇄도하고 있을 때였다.

최영은 깜짝 놀라 이성계의 아들들을 잡아들이라는 영을 내렸다. 그러나 이를 미리 예측했던 인물이 있었다. 바로 이방원이었다. 그는 재빠르게 형들이 인질로 잡혀 있던 성주 전시사령부로 침투했다.

"아버지가 회군하고 있습니다. 우리는 아버지의 군영으로 가야 합니다."

이방원이 긴장된 목소리로 이방우, 이방과와 이화상에게 말했다. 그러나 이방우는 거들떠보지도 않고 술만 마시고 있었다.

"형님, 뭐 하시는 겁니까?"

이방원을 비롯한 형제들이 당황스러운 얼굴로 이방우를 바라보았다.

"방원아, 나는 여기 있으련다."

"형님들은 우선 적들을 막아 주십시오. 제가 방우 형님을 설득해 보겠습니다."

이방원은 황급히 이방우에게 달려갔다. 그 사이 이방과와 이화상은 최영이 보낸 군사들과 혈전을 벌였다.

"형님, 시간이 없습니다. 저는 어머님들을 모시러 가야 합니다. 빨리 피하십시오."

"도대체 너는 무엇을 위해 역모를 꿈꾸는 것이냐?"

이방우가 취한 눈으로 이방원을 쏘아보았다.

"역모라니오? 그게 무슨 말씀입니까?"

"아버지가 회군하고 있다는 말을 들었다. 왕명을 거역하고 회군하니 역모가 아니고 무엇이냐?"

"형님, 지금 그런 일을 따질 때가 아닙니다."

"지금 내가 여기를 벗어나면 고려의 반역자가 된다. 나더러 반역자가 되라는 것이냐?"

이방우의 말에 이방원은 가슴이 덜컥 내려앉는 듯한 기분이었다. 그러나 상황이 다급했다. 이방과와 이화상이 최영이 보낸 군사들과의 혈투에서 뒤로 밀리고 있었다.

"저는 아버지의 뜻을 따를 뿐입니다."

이방원이 이방우를 경멸하듯이 쏘아보았다.

"아버지가 반역자가 되다니… 나는 아버지를 따를 수 없다."

"형님!"

"너는 가거라. 나는 여기서 죽을 것이다."

"형님은 무너져가는 고려에 충성을 바치려는 것입니까? 저 음란한 왕을 왕이라고 생각하는 것입니까?"

"닥쳐라!"

"그렇게 충성을 바치고 싶으면 스스로 자결하십시오."

이방원이 이방우 앞으로 칼을 내던졌다. 이방우가 이방원을 날카로운 눈빛으로 쏘아보다가 앙천광소를 터트렸다. 그때 이방과와 이화상이 최영이 보낸 군사들에 의해 쫓겨 들어왔다. 이방원은 재빨리 칼을 집어들고 최영의 군사들과 싸우기 시작했다. 이방우는 여전히 술만 마시고 있었다.

"우린 틀린 것 같다. 방원아, 너만이라도 어서 가서 어머니를 구해라."
이방과가 울면서 말했다. 그때였다.
"도련님들을 구하라!"
우레와 같은 함성이 들리면서 무뢰배 50여 명이 몰려와 최영의 군사들을 공격하기 시작했다.
"공은 빨리 포천으로 가십시오. 저희는 삼봉 어르신이 보냈습니다."
정도전의 명령을 받은 길상근이었다.
"갑시다."
이방원은 형제들과 함께 전시사령부를 탈출했다.
'이 정도의 병력까지 숨겨 놓았다니, 정도전은 정말 귀신 같은 사람이구나.'
이방원은 포천을 향해 달리면서 정도전의 지략에 탄복하였다. 길상근 무리들에 의해 이성계의 아들들은 최영의 군진을 무사히 빠져 나올 수 있었다. 이방우는 이방과와 이화상 등 형제들에 의해 끌려가다시피 해서 군진에 도착했다.

이성계와 조민수는 파죽지세로 평양을 지나 개경까지 순식간에 밀어닥쳤다.
"저들은 군사가 많고 우리는 수가 적습니다. 정도전이 화근입니다. 무조건 정도전을 죽여야 합니다."
최영은 우왕을 모시고 황급히 전시사령부가 있는 성주에서 도읍인 개경으로 돌아왔다. 최영과 우왕이 도망치듯이 개경으로 돌아오자 민심이 흉흉해졌다.

 이성계는 부인이 둘이다. 정실부인인 한 씨는 포천 재벽동에, 강 씨는 포천 철현의 전장에 머물러 있었다. 이성계가 포천에 집을 둔 것은 동북 면과 가장 가까운 지역이기 때문이다. 이방원은 최영과 우왕이 허겁지겁 돌아오는 것을 보고 재빨리 성주를 탈출하여 포천으로 달려갔다. 포천의 집에는 벌써 노복(奴僕)들이 뿔뿔이 흩어져 달아난 뒤였다.

 "어머니, 속히 피하셔야 합니다."

 이방원은 한 씨와 강 씨를 모시고 동북 면을 향하였다. 철원관(鐵原關)을 지날 무렵에는 벌써 관리들이 삼엄하게 기찰을 하고 있었다. 이방원은 들판에서 유숙을 하면서 밤을 이용해 이동했다. 자신들의 세력권인 이천(伊川) 한충(韓忠)의 집에 이르러서야 장정 1백여 명을 모아 항오(行伍)를 나누어 변고를 대비하였다.

 "최영은 일을 환하게 알지 못하는 사람이니 반드시 능히 나를 뒤쫓지는 못할 것이다. 비록 오더라도 나는 두려워하지 않을 것이다."

 이방원이 장정들을 무장시키고 선언했다. 이방원은 나이가 어렸으나 가족을 지킨 것이다.

 이때 정도전의 월림리 집은 불길에 휩싸여 있었다. 최영의 정예 부대가 명령을 받고 출동했기 때문이다.

 "아버님, 뭐 하십니까? 빨리 가셔야 합니다."

 아들 담이 정도전을 재촉했다.

 "걱정하지 마라. 너는 먼저 가서 형제들과 어머니를 지켜라."

 불이 타는 사저의 사랑에서 정도전은 태연스럽게 책을 읽고 있었다. 곧 최영의 군사들이 사납게 들이닥쳤다.

"역적 정도전을 잡아라."

군사들이 호통을 치면서 문을 박차고 뛰어들었다.

"나리를 보호하라!"

그때 한 무리의 사내들이 일제히 함성을 지르면서 달려왔다. 최영의 군사들과 사내들의 치열한 혈투가 벌어졌다. 무장한 사내들은 홍이가 이끌고 있었다. 최영이 보낸 군사들은 갑자기 수백 명의 사내들이 나타나서 공격을 퍼붓자 당황했다. 그들은 낫과 쇠스랑 따위의 농기구를 들고 맹렬하게 공격하는 사내들에게 위축되어 뿔뿔이 흩어져 달아났다.

개경은 이성계와 조민수의 대군이 몰려오자 아수라장이 되었다. 큰 전투가 벌어질 것을 예상한 개경의 백성들이 다투어 산으로 달아났다. 일촉즉발의 전운이 감돌았다.

이성계는 개성의 숭인문(崇仁門) 밖 산대암(山臺巖)에, 조민수는 영의서교(永義署橋) 앞에 진을 쳤다. 최영은 성문을 굳게 닫아걸고 방어에 나섰다. 평시에는 공론이 활발하다가도 전투가 벌어지면 할 일이 없어지는 것이 조정이다. 고려의 조정 대신들은 권력 싸움에 말려들지 않으려고 집으로 달아나서 대문을 꼭꼭 닫아걸었다. 그렇게 조정은 순식간에 텅텅 비어 버렸다.

'조민수가 어찌 이성계에게 넘어갔다는 말인가?'

최영은 조민수가 이성계를 견제하지 못하여 일이 이 지경에 이르자 탄식했다. 조민수에게 이성계를 감시하라고 맡겼는데 오히려 그에게 가담한 것이다. 이성계의 반란군과 최영의 정부군은 성곽을 사이에 두고 대치했다.

"돌격하라! 우리가 먼저 최영을 잡아야 한다."

조민수가 군사들에게 영을 내렸다. 조민수의 군사들이 일제히 정부군을 공격하기 위해 달려갔다. 최영은 영의서교 쪽으로 달려가 조민수의 군사와 맞섰다. 조민수는 흑색 깃발을 앞세우고 영의서교 쪽을 공격했다. 최영은 조민수의 군사를 맞아 치열한 전투를 벌였다.

선인문에는 황색 깃발을 앞세우며 이성계 부대가 맹공을 퍼부었다. 최영의 부장 안소(安沼)가 이성계를 맞아 싸웠다.

"도성에는 오합지졸뿐이다. 돌격하라!"

이성계가 칼을 들고 말 위에서 호령했다. 이성계의 군대는 고려 최강이었다. 그들은 순식간에 선인문을 돌파하고 선죽교로부터 남산으로 올라갔다. 안소가 군사를 거느리고 먼저 남산에 점거했지만 황색기를 바라보고는 바로 달아났다. 이성계의 군대는 정예병이라 안소의 부대는 싸우기도 전에 사기가 떨어진 것이다. 이성계는 마침내 암방사(巖房寺) 북쪽 고개에 올라 대라(大螺, 큰 소라, 나팔)를 불었다.

부우우웅….

대라 소리는 하늘에서 들려오는 것처럼 개경 곳곳으로 퍼져갔다. 이성계의 대라 소리에 최영의 군사는 사기를 잃었다. 반면 이성계 군사들의 사기는 하늘을 찌를 듯 높아졌다. 성안의 백성들이 모두 나와 이성계의 군대를 맞았다. 그들은 술과 음식을 가지고 나와 이성계의 군사들에게 대접했다. 그들도 이성계의 군대가 최영의 군사를 압도한다는 사실을 눈치 챈 것이다.

이성계의 군사들은 최영의 군사들을 닥치는 대로 도륙했다. 최영의 군사들은 공포에 질려서 뿔뿔이 흩어져 달아났다.

'아아, 고려 5백 년 사직이 여기서 끝나는가?'

최영은 이성계의 군사들을 막을 수가 없자 비통해졌다. 더욱이 정도전을 죽이러 보냈던 정예 부대까지 흩어져 달아났다는 보고를 받자 그의 가슴에는 절망만 남았다. 하늘이 고려를 버리고 있는 것이라고 생각할 수밖에 없었다. 선인문을 돌파한 이성계의 군사들은 고려 황궁을 수백 겹으로 포위했다.

"오오, 난군이 황궁을 포위하다니 어찌 이럴 수가 있는가? 우리 군사는 모두 어디로 갔는가?"

팔각전(八角殿)에 숨어 있던 우왕은 영비(靈妃, 최영의 딸)를 끌어안고 최영을 바라보았다. 그들은 어찌할 바를 몰라 했다. 궁녀들은 이리 뛰고 저리 뛰면서 비명을 질렀다. 최영의 군사들은 한 사람도 남지 않고 달아나서 대궐이 텅텅 비고 말았다. 곽충보(郭忠輔) 등 3, 4인이 바로 팔각전 안으로 들어가서 최영을 찾았다. 이성계는 황궁을 점령했으나 팔각전으로 난입하지 않고 있었다.

"장군, 함께 가셔야 하겠습니다."

곽충보가 최영을 에워싸고 말했다.

"폐하, 옥체를 보존하소서. 옥체를 보존하시면 반드시 설욕할 날이 있을 것입니다."

최영은 이성계의 부하들에게 저항하는 것이 무의미하다고 판단하고 눈물을 흘리면서 우왕에게 절을 올렸다.

"경은 나를 두고 어디로 가는 것인가? 경은 나를 버리지 말라."

우왕이 울면서 최영을 만류했다. 그러나 대세는 이미 기울어져 있었다. 최영은 우왕에게 두 번 절하고 곽충보를 따라 나왔다. 이성계는 최영을 체포한 뒤에 고봉현(高峰縣)에 유배를 보내라는 영을 내렸다.

"이 같은 사변은 나의 본심에서 나온 것이 아닙니다. 장군은 대의(大義)에 거역했을 뿐 아니라, 국가가 편치 못하고 백성이 피곤하여 원성이 하늘까지 이르게 된 까닭으로 부득이 내가 거병했습니다. 부디 잘 가시오."

이성계가 비통하게 말했다. 이성계도 마음속에서 최영을 존경하고 있었다.

"그대가 새로운 역사를 쓸 것이니 내 무슨 할 말이 있겠소? 다만 이것만은 기억해주오. 내가 평생 동안 탐욕하는 마음을 가졌더라면 내 무덤에 풀이 날 것이고, 그러지 않았다면 풀이 나지 않을 것이오."

최영의 눈물을 본 이성계도 마주보고 울었다. 최영은 이후 합포와 충주로 유배지가 바뀌었다가 공료죄(攻遼罪, 요동을 공격한 죄)로 개경으로 압송되어 그 해 12월에 참수된다. 최영이 참수되었다는 소식을 들은 개경 사람들은 저자의 문을 닫고 슬퍼하였으며 고려의 수많은 백성들이 눈물을 흘렸다.

최영은 역사 속으로 사라지고 고려는 이성계의 수중에 장악되었다. 위화도 회군의 여세를 휘몰아 이성계는 최대 정적인 최영을 단숨에 제거하였다. 고려조정은 정권이 이성계의 수중에 들어가자 숨을 죽이며 사태의 추이를 주시했다. 그동안 고려의 대신들에게 이성계는 평범한 무장에 지나지 않았다. 이성계는 최영과 함께 임견미 일파를 제거하면서 주목을 받았으나 성품이 신중하고 겸손했기 때문에 야망을 갖고 있을 것이라고 그 누구도 생각하지 않았던 것이다. 그러나 그는 위화도 회군으로 최영을 제거하고 정권을 한 손에 틀어쥐었다.

'이성계는 과연 걸출한 인물이다.'

정도전은 이성계가 최영을 전광석화처럼 제거하자 탄복했다. 이성계는 결정적인 순간에 추호도 망설이지 않고 군사 행동을 한 것이다.

이성계는 신경이 바짝 곤두섰다. 위화도 회군과 최영의 제거를 태풍이 몰아치듯 해치웠으나 고려의 병권을 완전히 장악할 때까지 그는 한순간도 긴장의 끈을 놓을 수 없었다. 그런데 큰아들 이방우가 반발하고 나선 것이다.

"성주에서 네가 한 행동이 사실이냐?"

이성계는 사람들이 없을 때 이방우를 방으로 불러 추궁했다.

"사실입니다."

이방우가 고개를 들고 이성계를 힐끗 쳐다보았다. 그는 술에 취해 혀가 꼬부라져 있었다.

"무엇 때문이냐?"

이성계의 눈이 이방우를 매섭게 쏘아보았다.

"대장부는 충과 의를 지켜야 한다고 배웠기 때문입니다. 아버지께서 그렇게 가르치시지 않았습니까?"

"네가 충과 의를 다하고 있다고 생각하느냐?"

"야심 때문에 군사를 회군하지는 않습니다."

"뭐라?"

이성계의 눈이 옆으로 길게 찢어졌다.

"적어도 백성을 향한 충심은 가져야 하겠지요. 지금까지 아버님과 함께 전장을 누빌 때는 명분이란 게 있었습니다. 백성을 보살피고, 지켜준다는. 그러나 이번 회군은 명분이 없습니다. 임금의 영을 거역했습니다."

"너는 폭군 때문에 도탄에 빠진 백성이 보이지 않느냐? 네가 말하는 충과 의가 정녕 백성을 위한 것인 줄 아느냐? 너는 폭군에게 충성을 하고 있을 뿐이다."

"아버님, 아버님은 고려를 탈취하려는 것이 아닙니까? 그것도 백성들을 위한 것입니까?"

이방우의 말에 이성계는 가슴이 철렁했다.

"닥쳐라!"

이성계가 벌떡 일어섰다. 그의 눈에서 무서운 살기가 쏟아졌다.

"저는 아버지의 대업에 동참하지 않겠습니다."

이방우가 비틀대며 일어서면서 이성계에게 등을 돌렸다.

"네가 부모에게 등을 돌리려는 것이냐?"

"어떻게 부모에게 등을 돌리겠습니까? 그저 고향에 가서 사냥이나 하고 술이나 마시고 살게 해주십시오."

이방우가 피를 토하듯이 울음을 터트렸다.

"…가거라."

이성계는 칼을 움켜쥐었다가 놓으면서 무겁게 한숨을 내쉬었다.

"하나만 물어보겠다. 너를 죽이려 했던 방원이는 어떻게 했으면 좋겠느냐?"

"왕으로 세우십시오. 만약 아버님이 왕이 되시고 싶으시다면 세자로 삼으십시오. 둘 다 싫으시다면…."

"싫다면?"

"죽이십시오."

이방우는 넋두리처럼 그 말을 내뱉고는 휘적휘적 멀어져 갔다. 이성계는 점점 멀어져가는 이방우를 넋을 잃고 바라볼 뿐이었다.

十一. 천명을 기다리는 사람들

고려의 백성들이 가장 원하는 것은 토지였다. 정도전은 토지 개혁을 위해 지음을 찾아다닌다. 하지만 예전의 벗들조차 그의 개혁을 반대하고 나선다. 정도전은 여전히 외로운 길을 걷고 있다.

정도전은 휘적휘적 걸음을 떼어놓다가 잠시 멈추고 미소를 지었다. 골목에서 아이들이 부르는 노래가 귓전을 울렸다.

서경성 밖 불빛이요
안주성 밖 연기로세
그 사이 왕래하는 이 원수여
백성 구제 소원일세

아이들이 부르는 노래지만 민심을 대변하고 있었다. 어느 사이에 이성계의 명성은 하늘을 찌를 듯이 높아져 있었다.
"어서 오시오. 삼봉이 우리 집에 무슨 일이오?"
정도전이 선지교 인근에 있는 조준의 집에 도착했다. 조준은 조박(趙璞)과 함께 있다가 정도전을 반갑게 맞이했다. 이성계는 1388년,

위화도에서 회군한 뒤에 정도전의 추천으로 조준을 불러 지밀직사사 겸 대사헌에 발탁했다. 조준은 크게 감격하여 이성계에게 충성을 바치기 시작한다. 조박은 우왕 8년에 과거에 급제했고 이성계의 아들 이방원과는 동서 지간이었다.

"세상이 어수선하여 술이나 한 잔 얻어 마시려고 왔습니다."

정도전이 웃으면서 말했다.

"삼봉 선생이 설마 술을 마시고 싶어 내 집에 왔겠소? 그렇지 않은가?"

조준이 조박을 보고 물었다.

"맞습니다. 삼봉 선생의 머릿속에 무엇이 들었는지 어찌 알겠습니까?"

조박도 웃으면서 정도전에게 인사를 했다.

"이인임과 최영을 제거했으니 이제는 조정을 개혁해야 할 때인 것 같습니다."

"조정의 개혁이라… 무엇을 개혁하고자 하는 것입니까?"

"전제(田制)입니다."

"전제는 공민왕 때도 개혁하려다가 실패하지 않았습니까? 모두 반대를 하고 있는 것으로 알고 있습니다."

"그렇다고 이대로 그냥 방치할 수는 없습니다. 전제 개혁은 반드시 이루어야 합니다. 조 공께서 나서 주십시오."

정도전이 깊은 눈빛으로 조준을 살피면서 말했다.

'나를 이용하겠다는 것인가?'

조준은 잠시 머뭇거렸다. 점차 세력이 불어나는 정도전에게는 적도 많았기 때문이었다. 이색, 정몽주, 이숭인이 대표적인 사람들이다. 그의 스승과 동문수학한 친구들이 그의 적으로 돌아서고 있다.

"하륜 공은 어떤 입장을 취하고 있소?"

"내가 아는 조 대감은 누구를 따라서 움직일 사람이 아닌데 어찌 그런 질문을 하시오?"

정도전의 대답에 조준은 공허하게 웃을 수밖에 없었다.

'역시 정도전이다. 나를 이용해 반대 세력을 제거하겠다는 뜻이구나.'

조준은 정도전의 깊은 눈을 외면했다. 어쩐지 그에게 이용당하는 기분이 들었다.

"대감의 선견지명을 믿소."

정도전이 확답을 재촉했다.

'정도전이 나를 천거했으니 달리 방법이 있겠는가.'

조준의 얼굴이 굳어졌다.

"알겠소."

조준이 정도전을 살피다가 그의 얼굴이 단호한 것을 보고 고개를 끄덕거렸다.

정도전은 조준과 굳은 약속을 맺고 이성계의 집으로 갔다. 이성계는 최영을 제거한 뒤에 군마를 성 밖에 주둔시키고 도성 안의 사저에 머물고 있었다. 정도전은 이성계의 사저가 기이할 정도로 조용한 것을 보고 가슴이 덜컥 내려앉았다. 그는 사람들이 어리둥절한 표정을 짓는 것도 아랑곳하지 않고 안팎을 부리나케 돌아다닌 뒤에 이성계에게 달려갔다.

"시중께서는 어찌 한가하게 사저에 계십니까?"

정도전이 이성계를 보자 다짜고짜 눈살을 찌푸리며 언성을 높였다. 이성계는 한가하게 서책을 읽고 있었다.

"그게 무슨 말씀이오? 내가 집에 있지 않으면 군영에라도 있어야 한다는 말이오?"

이성계가 눈을 동그랗게 뜨고 물었다.

"사저에 호위하는 자가 얼마나 됩니까?"

"10여 명쯤 될 것이오."

"만약에 최영의 잔당이 공격을 해온다면 어찌 감당을 하시겠습니까? 속히 다른 곳으로 피하고 호위를 강화하십시오."

"무슨 징조가 있소?"

이성계가 비로소 긴장하는 낯빛이 되었다. 이성계의 집에 머물고 있던 이화, 이방원, 조영규도 긴장했다.

"징조도 사람이 만드는 것입니다. 조민수 장군에게도 알리고 홍국사로 피하십시오."

정도전은 망설이는 이성계를 재촉하였다. 홍국사에는 이성계의 군사들이 이미 주둔하고 있던 터였다.

우왕은 최영이 이성계와 조민수에게 패하여 귀양을 갔다가 참수되자 분개하였다. 이성계와 조민수는 왕명을 거역하고 위화도에서 회군

했을 뿐 아니라 정권을 장악했다. 우왕은 이제 마음대로 황궁 밖으로 출입조차 할 수 없다. 이성계의 군사들이 삼엄하게 에워싸고 철저하게 출입을 통제했기 때문이다. 우왕은 이성계와 조민수를 제거하고 싶었다. 혈기 방자한 우왕은 내시를 보내 이성계의 동정을 살폈다. 그러자 이성계가 군대를 성 밖에 주둔시키고 자신은 성 안의 사저에 머물고 있다는 보고가 들어왔다.

'하늘이 나에게 기회를 주시는구나.'

우왕은 속으로 쾌재를 부르며 절호의 기회가 왔다고 생각했다.

"이성계와 조민수는 임금의 영을 거역하고 마음대로 회군하여 도성을 농락하고 임금을 멸시했다. 어찌 이러한 역도를 그냥 둘 수 있겠는가?"

우왕은 내시들 80명을 비밀리에 동원하여 무장시켰다. 고려 황궁은 순식간에 긴장감이 감돌았다.

"이성계와 조민수를 그냥 둘 수 없다. 역도들을 죽이러 가자."

우왕은 내시들을 이끌고 이성계의 집으로 쳐들어갔다. 그러나 그의 집에는 하인들만 남아 있었다. 이성계는 정도전에 의해 이미 가족들을 이끌고 흥국사로 피했기 때문이다. 우왕은 텅텅 비어 있는 이성계의 집을 보고 가슴이 철렁 내려앉았다.

"속았다. 이성계가 이미 눈치 챘다."

우왕은 텅텅 비어 있는 이성계의 집을 보고 실망했다. 우왕은 조민수의 집까지 달려갔으나 그도 이미 도피하는 바람에 헛되이 대궐로 돌아올 수밖에 없었다.

우왕이 이성계와 조민수를 암살하려고 한 일은 그의 말로를 재촉하는 사건이었다. 홍국사에 모인 이성계의 부하 장수들은 벌집을 쑤신 듯이 웅성거렸다.

"우왕이 우리를 죽이기 위해 내시들을 동원했소. 당장 대궐로 쳐들어가서 우왕을 폐위시킵시다."

장수들이 분개하여 소리쳤다. 이성계는 숭인문에서 장수들을 소집하여 회의를 했다.

"왕을 몰아냅시다."

"옳소. 왕을 몰아내지 않으면 우리가 죽음을 당할 것이오."

이성계의 부하 장수들은 흥분하여 대궐로 쳐들어갈 것을 요구하였다. 그들의 눈에 핏발이 서서 흉흉했다. 이성계는 용맹이 뛰어난 무장이지만 신중한 성품이다. 그러나 우왕이 먼저 공격을 해온 이상 그대로 묵과할 수는 없었다.

"삼봉, 어찌하는 것이 좋겠소?"

생각이 깊은 이성계는 정도전의 의견을 먼저 구했다. 정도전이 아니었다면 우왕의 습격을 받아 위기를 맞이했을지도 모른다. 이성계는 이 일로 정도전에 대한 신뢰가 더욱 커졌다. 주위의 장수들도 '역시 정도전이야.' 하면서 감탄하고 있었기 때문에 이제 그의 의견은 절대적이었다.

"우왕을 시해하면 민심을 잃을 것입니다."

정도전이 잠시 생각에 잠겨 있다가 말했다.

"왕을 시해할 수 없다. 왕을 시해하면 민심이 등을 돌린다."

이성계는 정도전의 뜻에 따라 우왕을 시해하지 않기로 했다.

"우리가 오늘의 일을 눈감아 버리면 우왕이 우리를 또다시 죽이려고 할 것입니다."

이방원이 강력하게 주장했다.

"대궐의 무기를 모두 회수하면 됩니다."

정도전이 다시 말했다. 이성계는 이화(李和), 조인벽(趙仁壁), 심덕부(沈德符), 왕안덕(王安德)을 통해 궁중에 있는 무기들과 말과 안장 등을 모두 압류시켰다. 이성계의 군사들은 삼엄하게 궁궐을 에워싸고 우왕 주위의 군사들을 모두 쫓아냈다. 공포 분위기를 조성하기 위해 남아 있던 내시들 몇 명을 우왕 앞에서 직접 처형했다. 수많은 백성들을 살해하고 여인들을 겁탈했던 우왕은 영비를 끌어안고 눈물만 흘릴 수밖에 없었다.

'어차피 우왕과는 양립할 수 없다. 그를 왕의 자리에서 축출해야 한다.'

정도전은 이성계에게 우왕을 폐위시킬 것을 건의했다. 우왕은 함부로 살육과 음탕한 짓을 되풀이하여 이미 인심을 잃었다.

"왕을 폐위시키면 명나라가 추궁하지 않겠소?"

이성계가 걱정스러운 표정으로 물었다.

"맹자 진심편에 덕을 잃은 군주는 왕이 아니라 일개 필부라는 말이 있습니다."

정도전이 단호하게 말했다. 이성계가 확답을 하지 않았으나, 정도전은 우왕을 왕좌에서 축출하는 계획을 멈추지 않았다. 우왕이 민심을 잃은 데다 이성계와 조민수를 암살하려고 했기 때문에 보수파인 이색과 정몽주, 이숭인 등도 할 말이 없었다.

"영비는 최영의 딸이다. 그녀를 우왕과 함께 있게 해서는 안 된다."

장수들은 영비를 대궐에서 끌어내려고 했다. 일단 영비를 끌어내어 우왕을 압박하려고 한 것이다.

"만약에 영비를 내보내면 나도 같이 나가겠다."

우왕이 장수들의 앞을 가로막고 소리를 질렀다. 우왕이 대궐에서 나가는 것은 왕의 자리를 포기하는 것이라 장수들도 바라고 있던 일이다.

"그렇다면 강화로 가시오."

장수들이 눈을 부릅뜨고 윽박질렀다. 얼굴이 하얗게 변한 우왕을 장수들이 칼을 뽑아들고 위협했다. 우왕은 그때서야 장수들이 자신을 황궁에서 쫓아내려고 한다는 사실을 깨달았다. 그러나 내시부까지 이성계의 군사들에게 장악되었기 때문에 맞설 수는 없었다. 우왕은 부득이 침전에서 나와 채찍을 잡고 말에 올라탔다.

"오늘은 날이 이미 저물었구나."

우왕이 처량하게 탄식했으나 아무도 대답하지 않았다. 내시와 궁녀들은 무릎을 꿇고 엎드려 눈물만 흘렸다. 우왕은 영비를 데리고 회빈문(會賓門)을 나섰다. 그리고 삼엄하게 자신을 둘러싼 군사들과 함께 처량한 모습으로 강화를 향해 떠났다.

'왕 씨의 세상은 이제 끝이다.'

정도전은 우왕이 강화도로 떠나가는 것을 보고 미소를 지었다.

백관들은 국왕의 옥새를 받들어 정비전(定妃殿)에 가져다 두었다. 왕을 축출했으니 새로운 왕을 추대해야 한다. 장수들이 왕 씨들을 제거하고 이성계를 추대하자고 요구했으나 정도전은 일단 고개를 저었다. 아직은 때가 아니라고 생각했기 때문이다.

이성계의 영으로 재상들과 장수들이 흥국사에 모였다. 군사들이 삼엄하게 둘러싸고 있는 가운데 재상들과 장수들이 모여 회의를 시작했다.

"보위는 하루라도 비울 수 없으니 누구를 추대해야 할지 원로 재상들과 장수들은 기탄없이 말씀하시오."

이성계가 부리부리한 눈으로 좌중을 쓸어보면서 말했다. 이색과 정몽주를 비롯하여 선뜻 말하는 사람이 아무도 없었다. 누구도 이성계의 의중을 짐작하지 못하기 때문이다. 모두가 눈치만 살폈다. 흥국사 대웅전에는 팽팽한 긴장감이 감돌았다.

"시중께서 말씀을 해보시지요."

조민수가 이성계의 눈치를 살피다가 이색에게 말했다. 이성계는 우왕을 제거하기 위해 명성이 높은 이색을 문하시중에 임명했으나 그는 허수아비에 불과했다.

"전왕(前王)의 아들을 왕으로 세워야지."

이색은 깊은 생각에 잠겨 있다가 깜짝 놀라 중얼거리듯이 말했다.

"시중께서 이렇게 말씀하시니 세자를 추대하는 것이 좋겠소."

조민수가 이색의 말이 떨어지기가 무섭게 좌중을 향해 말하였다. 이성계는 눈을 지그시 감았다. 조민수는 이인임이 자기를 천거하여 준 은혜를 생각하여 우왕의 아들 창(昌)을 왕으로 세우려고 했다.

그러나 장수들이 반대할 것을 두려워해 이색을 부추긴 것이었다. 정도전은 고민에 잠겼다. 스승인 이색과의 충돌이 예측되었기 때문이다. 또다시 스승의 마지막 말이 가슴 속에 살아났다.

'대의멸친.'

이제야 스승의 마지막 가르침을 깨달은 정도전이다. 조민수는 침묵을 지키는 이성계의 모습을 보고 동의를 구한 것이라 믿었다. 그는 이색과 함께 정비전으로 달려갔다. 정비는 대신들의 뜻이라고 하자 우왕의 아들 창을 책봉하고 교지를 내렸다.

"불행하게도 선왕이 세상을 떠나고 경(卿, 창)의 부친이 왕위를 이어서 대국을 섬기고 백성들을 안무(安撫)함에 있어서 결함이 없었는데 뜻밖에 최영에게 오도되었다. 그는 매와 개를 바치어 사냥을 하게 유도하고 살육을 가르쳐서 포악한 짓을 함부로 하게 만들었다. 그리하여 심지어는 군사를 동원하여 명과의 분쟁을 일으킴으로써 하마터면 나라와 백성의 화를 초래할 뻔하였다. 가슴 아픈 일이다. 조상의 음덕으로 최영을 물리치고 왕이 또한 허물을 뉘우쳐서 스스로 왕위에서 물러났으므로 종묘사직의 제사와 생민들의 목숨을 그대에게 위임한다. 그 책임은 중대하다. 한 번이라도 근신치 않는다면 천명과 인심이 어찌 두렵지 않겠느냐? 아아! 임금됨이 결코 쉬운 일이 아니니 힘써 경외(敬畏)하라!"

우왕의 아들 창은 불과 9세의 나이로 무너져가는 고려의 왕이 되었다. 이성계는 이색과 조민수로 인해 창왕을 추대했으나 썩 마음이 내키지 않았다. 이성계 일파의 장수들과 측근들도 모두 창왕을 반대했다.

'조민수는 많은 군사들을 거느리고 있다. 그와 섣불리 맞서기보다 탄핵을 통해 축출해야 한다.'

정도전은 조민수를 조정에서 축출하기 위한 계획을 진행시켜 나갔다. 이성계는 최영 일파를 대대적으로 숙청하고 그 자리에 자신의 측근인 정도전, 온건파인 이색, 정몽주 등을 앉혔다. 조민수의 세력은 상대적으로 약화되었다.

"전제(田制)를 바로잡아 국용(國用)을 풍족하게 하고, 민생을 후하게 하며, 인재를 가려 기강을 진작시키고, 정령(政令)을 거행하는 것은 오늘날의 당연한 급선무입니다. 나라의 운수가 길고 짧은 것은 민생의 괴롭고 즐거움에 달려 있습니다. 또한 민생의 괴롭고 즐거움은 전제의 고르고, 고르지 못한 데 달려 있습니다."

대사헌 조준이 전제를 개혁하라는 상소를 올렸다. 간관 이행(李行), 판도판서 황순상(黃順常), 전법판서 조인옥(趙仁沃)도 잇달아 전제개혁을 요구하는 상소를 올려 고려를 뒤흔들었다.

"나라의 안정이 시급한 일이니 토지의 개혁은 차후에 진행해도 무방할 것입니다."

조민수는 많은 토지를 소유하고 있었기 때문에 정도전의 개혁을 격렬하게 반대했다. 이제 고려조정은 전제 개혁을 찬성하는 쪽과 반대하는 쪽으로 갈라져 치열하게 대립한다.

"이색과 조민수가 연횡을 한 것 같소."

조준이 침울한 표정으로 정도전을 보고 말하였다. 이색이 은밀하게 조민수를 지원하고 있었던 것이다. 정도전은 머릿속에서 '대의멸친' 이라는 네 글자를 떠올리며 눈을 부릅떴다.

"우선 조민수를 탄핵합시다."

정도전은 이성계 다음으로 많은 군사를 거느리고 있는 조민수를 제거하기로 결정했다.

"나라가 안정되려면 백성의 삶이 안정되어야 할 것이고, 백성의 삶은 토지와 직결되어 있습니다. 고로 전제를 개혁하는 것은 나라의 재정을 튼튼하게 하고 민생을 안정시키는 것입니다."

권좌에 앉은 어린 창왕 앞에서 정도전이 열변을 토했다. 어전은 살벌한 분위기가 감돌았다.

"지금 대신들 가운데에도 백성의 토지를 착복한 인물이 눈에 선명하게 보입니다. 패주 우왕을 조종하여 이인임과 함께 민생을 어지럽힌 자가 지금까지도 토지 개혁에 반대하고 있습니다. 토지 개혁에 반대하는 자들은 모두 패주 우왕의 패거리들입니다."

조준이 기다렸다는 듯이 조민수를 탄핵하였다. 조민수의 얼굴이 창백하게 변했다. 조민수는 이인임과 친척 관계로 우왕 시절 부정한 일에 가담한 일이 있었다. 그는 이색에게 구원을 청하는 눈빛을 보냈다. 이색은 조민수의 눈길을 피한 채 입을 꾹 다물고 말았다. 조민수와 한배를 타면 이인임과 같은 반역자로 몰릴 것이 분명하기 때문이다. 그러자 조준이 회심의 미소를 지었다. 더욱이 간관들도 일제히 조민수를 탄핵하기 시작했다.

결국 조민수는 전제 개혁을 반대한다는 이유로 간관들의 탄핵을 받아 창녕현으로 귀양을 갔다. 고려조정을 좌우하던 또 하나의 군벌이 제거된 것이다.

정도전의 전제 개혁은 농지 개혁을 일컫는다. 농지는 고려 경제에서 가장 중요한 부분이라 할 수 있다. 당시, 대부분의 경제가 1차 산업인 농산물을 바탕으로 이루어지고 있었기 때문이다. 따라서 농지의 소유가 누구냐에 따라 모든 경제 문제가 발생하였다.

고려시대의 농지는 관료들이나 공신, 왕족들에게 나누어준 전시과(田柴科)가 기본 바탕이 되었다. 그러나 고려 말에 이르면 전시과 체제가 무너지면서 권력을 가진 자들이 닥치는 대로 농지를 수탈하여 부를 축적하게 된다. 이들은 국가에 세금도 납부하지 않았다. 따라서 고려의 정치사회는 더욱 문란해지고, 귀족층이 고착되어 갔다.

"경내의 토지를 모두 몰수하여 국가에 귀속시키고, 인구를 헤아려 토지를 나누어 주어서 올바른 토지 제도를 회복시켜야 합니다."

정도전의 주장이다. 이는 기득권 세력의 부를 몰수하고 권력을 약화시키는 제도였기 때문에, 반발하는 세력도 많았다.

'전제 개혁을 하는 것은 옳은 일이나 지나치게 서둘러 폐해가 심하다.'

그 기득권 세력의 대표 주자에 이색, 정몽주, 이숭인 등이 있었다. 그들이 정도전과 결정적으로 갈라지게 된 배경은 고려에 대한 충성만이 아니다. 재산을 지키려는 자와 빼앗으려는 자의 주도권 쟁탈이 숨어 있었다.

신진 관료의 녹봉을 비롯한 국가 재정의 확보와 군사들의 군량을 비롯한 군자(軍資)의 확보가 전제 개혁의 가장 큰 목적이다.

조준에서 시작된 전제 개혁은 이행, 황순상, 조인옥, 허응 등의 잇따른 상소로 가파르게 추진됐다. 그러나 여전히 기득권 세력은 거세게 반발했다. 이로 인해 조정에는 일촉즉발의 긴장감이 감돌았다.

"옛 법을 경솔하게 고쳐서는 안 된다."

이색이 필사적으로 반대하고 이임(李琳), 우현보, 변안열(邊安烈)도 이에 동참하고 나섰다. 이색은 사대부들에게 명성이 높았기 때문에 권근(權近)과 판내부시사 유백유(柳伯濡)를 비롯한 많은 사람들이 그의 주장을 따랐다. 하지만 찬성사 정몽주는 이색의 입장에도, 정도전의 의견에도 고개를 저었다. 그는 양측의 대립을 지켜보면서 침묵을 지켰다.

이때 그동안 침묵하던 문익점이 전제 개혁을 완강하게 반대하는 의견을 냈다. 그러자 조준을 비롯한 개혁파들이 일제히 문익점을 비난하고 나섰다.

"문익점은 본래 유일(遺逸, 재야 선비)입니다. 그는 진주(晉州)의 두메산골에서 몸소 농사를 짓고 있었습니다. 그가 어질다는 말이 널리 퍼져 간대부(諫大夫)로 임명되어 왕의 측근에 두고 왕의 자문에 이바지하게 하였으니, 진실로 마땅히 충언을 남김없이 올리고 치도를 진술하여 다스림을 도와야 될 것인데도, 우물쭈물하며 비굴하게 남의 비위를 맞추어 간쟁하는 절개가 없으며, 몸을 굽히고 하는 일 없이 남에게 순종만 하고 있습니다. 문익점은 권세에 아부하여 병을 핑계로 참여하지 않은 것을 스스로 잘한 계책으로 생각하여, 위로는 폐하의 사람을 알아보는 밝은 지혜에 누를 끼치고, 아래로는 사림의 기대를 저버렸으니, 이것은 마땅히 그 관직을 삭탈하고 산야(山野)에 돌려보내어, 말할 책임이 있는데도 말하지 않는 자의 경계로 삼아야 할 것입니다."

결국 조준이 문익점을 탄핵하여 파면시켰다.

"내 가끔 형님을 볼 때마다 우려스러운 것이 있습니다."

정도전이 전제 개혁에 몰두하고 있을 때 하륜이 찾아와서 퉁명스럽게 말했다.

"무슨 말인가?"

"최영을 참수하고, 조민수와 문익점을 탄핵했다고 전제 개혁이 이루어지겠습니까? 게다가 문익점의 죄는 기가 막히더이다."

"말하지 않은 죄 말인가?"

정도전이 토지 문서를 들여다보다가 피식 웃었다.

"세상에 그런 죄도 있습니까?"

"문익점은 간관이네. 말을 하라고 벼슬을 주었는데 입을 다물고 있으니 탄핵을 받는 것은 당연하지."

"문익점의 침묵은 의사 표시입니다. 전제 개혁을 반대한다는 뜻입니다."

"간관이 침묵으로 의사를 표시하는가?"

하륜이 침착한 표정으로 고개를 끄덕였다. 정도전의 태도가 단호했기 때문이다. 하륜은 특유의 깊은 눈으로 정도전에게 질문했다.

"그나저나 어디까지 몰고 가실 생각이십니까?"

"내가 몰고 간다고 생각하면 오산일세. 저들이 나를 몰고 가게 만들고 있는 게지."

정도전이 불쾌한 표정으로 토지 문서를 덮었다. 저들이란 스승인 이색과 지음인 정몽주, 이숭인을 말하는 것이다.

"그럼 그들에게 물러나라고 해야 하겠군요."

"자네는 어찌할 것인가?"

"저는 형님을 따르겠습니다."

"스승님과 결별하고?"

"대의멸친이라고 하지 않았습니까? 형님이 제게 가르쳐 준 말입니다."

"나는 그 말을 스승님에게 배웠네."

정도전이 어두운 표정으로 말했다. 전제 개혁으로 그들과 대립하게 되자 정도전은 괴로운 심정을 피할 수 없었다. 언젠가는 이런 상황에 직면하게 될 것을 예상했던 그였다. 하지만 그 고통스러운 예감이 틀리지 않게 되자 정도전은 더욱 비감한 기분이 들었다.

그날 밤, 정도전은 꿈을 꾸었다. 소년 시절처럼 구덩이 안으로 그가 던져졌다. 정도전의 온몸은 흙투성이였고, 손톱에서는 피가 흘러 내렸다. 그는 다시 구덩이에서 빠져나오기 위해 흙벽에 달라붙었다. 하지만 이내 미끄러지고 말았다. 그러자 물컹한 것들의 감촉이 느껴졌다. 어렸을 때처럼 뱀이었다.

"어머니!"

그는 고함을 질렀다. 정도전의 애절한 고함 소리에 뱀들이 똬리를 틀고 그를 바라보기 시작했다. 그리고 곧 뱀은 사람의 모습으로 변하였다. 이색, 정몽주, 이숭인이 뱀의 형상으로 정도전을 노려보았다.

잠에서 깬 정도전이 긴 한숨을 내쉬었다. 한숨의 시간은 그리 길지 않았다. 정도전이 이내 주먹을 움켜쥐었기 때문이다.

'땅은 농사를 짓는 사람이 소유해야 한다.'

정도전에게 전제 개혁은 한 치도 양보할 수 없는 사안이었다.

十二. 피를 예고하는 개혁

고려는 정도전파와 이색파, 그리고 정몽주파로 분열된다. 정도전에게 첫 번째 대의 멸친은 스승 이색이었다. 이제 정도전은 건널 수 없는 강을 건너는 사공이 되어 버린다.

강화도로 유배되었던 우왕은 곧 여흥(餘興, 여주)으로 옮겨 가 살게 된다. 이성계는 그를 폐위시키기는 했으나 창왕의 부친이기 때문에 차마 죽일 수가 없었다.

한편, 전 대호군 김저(金佇)와 전 부령 정득후(鄭得厚)는 이성계 진영에 의해 벼슬에서 축출되었다. 이에 불만을 품고 그들은 우왕을 찾아갔다.

"폐하, 귀하신 몸이 어찌 이런 궁벽한 시골에 계시옵니까?"

김저와 정득후가 우왕에게 절을 한 뒤에 한바탕 통곡을 하고 울었다. 우왕도 두 사람의 손을 잡고 울었다.

"옥체는 강녕하시온지요? 신들이 이제야 문후를 여쭙습니다."

김저가 비 오듯 흐르는 눈물을 소매로 닦은 뒤에 물었다.

"나는 역신들에게 쫓겨난 불행한 군주다. 내 처지를 생각하면 잠을 이룰 수 없다."

우왕이 분노로 몸을 떨면서 대답했다.

"고정하십시오. 하늘이 폐하를 버리지 않을 것입니다."

김저가 우왕을 위로하였다.

"역적들이 나라를 찬탈하려 하는데 내가 어찌 이곳에 손을 묶고 앉아 죽음을 기다리겠는가? 그럴 수 없다. 역사(力士) 한 사람을 얻어 이 시중(李侍中, 이성계)만 암살하면 다시 복위할 수 있을 것이다. 내가 평소에 예의판서 곽충보를 아꼈으니 네가 가서 만나보고 이 일을 도모하라."

우왕이 눈물을 흘리면서 말했다.

"폐하께서는 어찌하실 생각입니까?"

"이 시중을 죽이면 내가 다시 복위할 수 있다. 너희들이 그 일을 할 수 있겠느냐?"

김저와 정득후는 우왕의 말에 긴장하였다. 그들은 선뜻 대답을 하지 못하고 머릿속에서 분주하게 이해득실을 따졌다. 우왕이 다시 옹립된다면 그들도 고려를 쥐고 흔들 권력을 갖게 된다. 목숨을 걸어야 하는 중대사지만 모험을 해볼 가치가 있다고 생각했다.

"어찌하겠느냐?"

우왕이 김저와 정득후를 살피면서 다그쳤다.

"신들이 영을 따르겠습니다."

김저와 정득후는 눈짓을 주고받은 뒤에 머리를 조아렸다.

"일이 이루어지면 비(妃)의 동생을 처로 삼고 부귀를 함께 누릴 것이다. 이번 팔관일(八關日)에 일을 도모하라."

우왕은 곽충보에게 전해 주라면서 칼까지 내주었다. 김저와 정득후는 개경으로 돌아오자 비밀리에 곽충보를 만나서 우왕의 말을 전했다. 곽충보는 우왕이 이성계를 암살하라고 했다는 말을 듣고 전신이 팽팽하게 긴장되었다. 성공하면 권력을 갖게 되고 실패하면 죽음을 당한다.

"좋소. 오늘 밤 자시에 이성계의 집을 급습합시다. 내가 장사들을 동원할 테니 두 분은 자시가 되면 이성계의 집으로 오시오."

곽충보는 굳게 약속을 했다. 김저와 정득후는 잔뜩 긴장하여 돌아갔다.

곽충보는 그들이 돌아가자 많은 생각을 하였다. 이성계를 암살하는 것은 현실적으로 불가능한 일이다. 이성계 자신이 무예에 출중할 뿐 아니라 그의 집에는 항상 장사들이 들끓고 있었다.

'이들을 고발하면 나는 오히려 이성계의 측근이 될 수 있다.'

곽충보는 어려운 길보다 쉬운 길을 선택한다. 그는 이성계를 찾아가서 우왕의 음모를 고발했다. 이성계는 즉시 정도전에게 알리고 가신들을 소집했다.

'우왕이 스스로 무덤을 파는구나.'

정도전은 바둑판을 앞에 놓고 포석을 했다. 그의 바둑판에 이성계를 축으로 하는 거대한 그림이 그려졌다.

김저와 정득후는 그날 밤에 이성계의 집으로 달려갔다. 그러나 이성계의 집 주위에는 이미 장사들이 매복해 있었다. 김저는 현장에서 장사들에게 사로잡히고 정득후는 스스로 목을 찔러 자살했다.

이성계는 정도전이 그린 그림에 의해 창왕을 폐위시키는 음모를 진행시켜 나갔다. 김저를 순군옥에 가두고 처절하게 고문하여 우왕의 잔존 세력을 연루시켰다.

"전 판서 조방흥, 변안열, 이임, 우현보, 우인열, 왕안덕, 우홍수가 공모하여 우왕을 다시 세우려고 했습니다."

김저는 고문을 견디다 못해 허위 자백을 했다. 그의 거짓 자백에 의해 고려 도읍 개경은 또다시 피바람이 불었다. 우왕은 즉시 강릉부로 유배지가 바뀌었다.

"이제는 창왕을 폐위시키십시오."

이성계는 정도전의 말을 듣고 고개를 끄덕였다. 그는 판삼사사 심덕부, 찬성사 지용기, 정몽주, 정당문학 설장수, 평리 성석린, 지문하부사 조준, 판자혜부사 박위, 밀직부사 정도전 등을 흥국사에 소집하여 삼엄한 군의 호위 속에 회의를 시작했다.

"우와 창은 본래 왕 씨가 아니니 종사를 받들게 할 수 없으며, 또 천자의 명도 있으니 마땅히 가왕을 폐위시키고 진왕을 세워야 될 것이다. 정창군(定昌君) 요(瑤)는 신종(神宗)의 7대손으로 그 족속이 가장 가까우니 왕으로 추대하는 것이 옳다."

이성계가 좌중을 둘러보면서 말했다.

"정창군은 부귀한 집에서 나고 자라서 자기의 재산을 다스릴 줄만 알고 나라를 다스릴 줄은 알지 못하므로 왕으로 세울 수 없습니다."

조준이 반대했다.

"임금을 세우는 데는 마땅히 어진 이를 가려야 될 것이고, 그 족속이 가까운지 먼지는 논할 필요가 없습니다."

성석린이 조준의 말을 반박했다. 결국 제비뽑기까지 하는 소동을 거친 끝에 정창군 요를 고려의 왕으로 추대하였다. 그가 바로 공양왕이다. 이성계는 심덕부 등 8명과 함께 공민왕의 정비(定妃) 궁에 가서 창왕을 강화로 추방하고, 정창부원군을 추대한다는 사실을 알렸다. 그리고 이에 대한 교지를 요구했다.

"우리 태조로부터 공민왕에 이르기까지 자손이 서로 계승하여 종묘와 사직을 받들었는데, 불행히도 공민왕이 세상을 떠나니 후사가 없었다. 당시에 종척(宗戚)과 신하들이 의논하여 종실의 어진 이를 왕으로 세우려고 하였으나, 권신 이인임이 오랫동안 나라의 권력을 잡고 있으면서 자기의 죄를 면하기 위하여 역적 신돈의 아들 우(禑)를 공민왕의 아들이라고 거짓으로 꾸며서 그를 낳은 어미를 죽여 입을 봉하고, 질녀를 시집보내어 그 총애를 굳게 하였으니, 신(神)과 사람의 분노가 쌓인 지 15년이나 되었다. 우는 죄 없는 사람을 많이 죽여 국인에게 원망을 사고, 군사를 일으켜 명나라를 침범하여 천자에게 죄를 얻었다. 지금은 마땅히 왕 씨가 종사(宗祀)를 회복할 시기인데도 대장 조민수가 이인임의 친척으로서 상상(上相)이 되어 이인임의 간사한 꾀를 이어받아 우의 아들 창을 왕으로 세워 악으로써 악을 계승하였는데, 권병이 그 손에 돌아가니 형세가 갑자기 제거하기 어려워졌다. 정창부원군 요에게 명하여 왕위에 오르게 해서 종묘와 사직을 받들게 하고, 우와 창을 폐하여 서인으로 삼는다."

정비는 이성계 등이 요구하는 대로 교지를 내렸다.

"나는 평생을 한가로이 놀고 있었는데 오늘날에 이 자리를 얻을 줄은 생각하지 못하였다. 경은 나를 도와 달라."

공양왕이 이색에게 말했다. 공양왕은 이색을 판문하부사로, 변안열을 영삼사사로, 심덕부를 문하시중으로, 이성계를 수문하시중으로, 정도전을 삼사우사로 삼았다.

이제 개혁 세력들은 우왕과 창왕을 죽이기로 결정했다. 이색이 조정에서 가장 높은 대신이 된 것은 우왕과 창왕을 죽일 때 민심을 안정시키기 위해서였다.

"그들이 살아 있는 한 우리를 죽이려는 자들이 계속 나타날 것입니다."

정도전이 이성계에게 말했다. 이성계는 묵묵히 고개를 끄덕였다. 정도전은 이성계의 허락을 받자 대신들을 동원하여 우왕과 창왕을 탄핵하기 시작했다. 역사의 격변기에는 권력에 아부하여 기회를 잡으려는 자들이 나타난다. 정도전이 동원하지 않았는데도 조정의 하급관리들이 벌떼처럼 들고 일어나 우왕과 창왕을 죽여야 한다고 주장했다.

"경들은 어찌 생각하오?"

공양왕은 눈치를 살피면서 재상들에게 처리 방향을 물었다.

"이 일은 용이하지 않습니다. 이미 강릉에 안치시켰다고 명 조정에 알렸으니 중도에 변경할 수 없습니다. 더구나 신 등이 있사오니 우왕이 비록 난을 일으키고자 한들 무슨 걱정이 있겠습니까."

이성계는 우왕과 창왕을 죽이는 일에 반대하는 시늉을 했다. 하지만 뒤에서는 개혁파를 사주하여 공양왕을 압박하고 있었다.

"우왕이 죄 없는 사람을 많이 죽였으니 스스로 죽음을 당하는 것이 마땅하다."

결국 공양왕은 지신사 이행에게 명하여 교서를 내리고, 정당문학

서균형을 강릉으로 보내 우왕을 참수하게 하고, 예문관 대제학 유구를 강화로 보내어 창왕을 참수하도록 했다.

우왕이 참수되자 그의 부인인 최영의 딸 영비는 10여 일 동안 음식을 일절 입에 대지 않고 밤낮으로 곡을 했다. 밤에는 반드시 우왕의 시체를 안고 자고, 쌀을 얻으면 번번이 정하게 찧어서 전(奠)을 올려 사람들을 감동시켰다.

이색과 조민수가 실각하고 공양왕이 즉위하면서 고려를 이끌고 있던 귀족, 권문세가들은 대부분 몰락했다. 그러자 정도전은 개혁파인 조준, 운소종 등과 함께 다시 한 번 강력하게 토지개혁을 밀어붙였다.

"그대가 추진하는 전제개혁은 옳지 않다. 어찌 개인의 재산을 빼앗아 농민들에게 나누어 주는 것인가? 옛법을 경솔하게 고치는 것은 옳지 않다."

이색이 개혁에 반대하자 이임, 우현보, 변안열이 그의 주장에 동조했다. 정몽주는 여전히 자신의 생각을 밝히지 않았다.

"전제가 문란하여 겸병하는 자들이 토지를 빼앗아 산과 들을 차지하여 독해(毒害)가 날로 깊어 백성들이 서로 원망하고 있는데 어찌 개혁을 반대한다는 것입니까?"

정도전이 이색의 주장을 비판했다.

"세력가들이 모두 토지를 겸병하는 것도 아니고 수탈하는 것도 아니다."

"토지는 농사를 짓는 사람들이 소유해야 합니다."

스승과 제자는 조정에서 다시 만나 토지 개혁 문제로 대립을 하게 된다. 결국 제자의 신념이 스승을 뛰어 넘었다. 이색은 사전 개혁에 반대하다가 귀양을 가게 된다.

　이색은 고려 말의 대학자로 풍운의 난세를 만나 뜻을 펴지 못하고 물러난 인물이다. 그가 죽자 태조 이성계는 조회를 정지하고 치제(致祭)하였으며, 부의를 내려 준다. 훗날 이색은 조선조 초기의 쟁쟁한 문신인 권근, 변계량, 김종직 등을 배출하여 유종(儒宗)이라고까지 불렸다. 또한 김굉필, 조광조 등으로 학통이 이어지면서 조선 성리학에도 큰 기여를 하게 된다. 그러나 공자가 현실 정치에 실패했듯이 이색도 풍운의 고려 말을 경영하기에는 한계가 있었다.

　이색은 고려 5백 년의 천재였다. 14세 때에 이미 성균관시에 급제하고, 공민왕 즉위 후에 처음으로 실시한 과거에서는 장원을 차지한다. 이때의 시관이 이제현이다.

　1354년, 그는 원나라에서 실시한 과거의 회시 대책에서 1등, 전시와 정시에서 2등으로 급제했다. 결국 그는 중국까지 혁혁한 명성을 떨치고 한림원 학사에 오른다. 이후 고려에 돌아와 무너져가는 나라를 일으켜 세우기 위해 전력을 기울였으나 제자들에 의해 탄핵을 받고 불우한 말년을 보내다가 여주에서 생을 마감한다.

　이성계와 정도전이 정권을 장악하자, 고려를 지키려는 세력이 반발하기 시작한다. 그들은 파평량 윤이, 중랑장 이초를 명나라로 파견해 공양왕은 왕 씨가 아니라 이성계의 외척이며, 그가 명나라를 공략하려 해 이색 등이 말리다가 유배를 당했다며, 출병을 요청했다.

"윤이와 이초가 명나라의 출병을 요청했으니 어찌하는 것이 좋겠소?"

이성계가 긴장하여 정도전에게 물었다.

"명나라가 쉽게 출병하지만은 않을 것입니다. 제가 명나라에 가서 주원장을 만나고 오겠습니다."

정도전은 명나라의 황제 주원장을 만나야 하겠다고 생각했다. 어차피 새 나라를 세우려면 명나라의 승인이 필요했기 때문이다.

"윤이와 이초를 심문해야 하지 않소?"

"철저하게 심문하십시오. 연루된 자는 모조리 귀양을 보내 더 이상 우리를 반대하는 자들이 없게 해야 합니다."

정도전은 단호하게 말하고 명나라로 떠났다. 이성계는 심덕부와 함께 윤이, 이초 등을 체포하여 국문했다. 이들이 명나라의 출병을 요청한 것은 스스로 무덤을 파는 것과 다를 바 없었다. 윤이, 이초 사건에는 하륜까지 연루되어 있었다. 이성계는 하륜이 정도전과 친밀하게 지내는 것을 알고 있었으나, 이를 무시하고 귀양을 보낸다. 한편, 정도전은 명나라에 가서 윤이와 이초가 출병을 요청한 일에 대해서 해명한다. 명나라는 이성계가 우왕과 창왕을 시해한 역신으로 보고 있었다.

'하륜이 나를 배신한 것인가?'

정도전은 명나라에서 돌아오자 고개를 갸우뚱거렸다.

'이것은 스승님을 제거하기 위한 형님의 음모다.'

반면, 하륜은 유배지에서 개경을 바라보면서 쓸쓸한 심회를 달랬다. 그는 모든 것이 정도전의 의도라 판단하고, 절망에 빠졌다.

十三 · 이상향을 향한 질주

고려 말, 마지막 유학자 정몽주가 선죽교 위에 피를 뿌린다. 그는 이제 불멸의 충신이 될 것이다. 그로 인해 고려는 역사로 남게 되고, 새로운 새벽이 열린다.

비몽사몽이었다. 이것이 꿈인가 생시인가. 정도전은 눈앞에 기화이초(奇花異草, 진귀한 꽃과 풀)가 만발한 세외선경(世外仙境)이 펼쳐져 있는 것을 보고 자신의 눈을 의심했다. 그러나 잠과 꿈에서 깨어나자 사방은 칠흑처럼 캄캄한 한밤중이었다. 정도전은 밖에서 줄기차게 쏟아지는 빗소리를 들으며 무겁게 한숨을 내쉬었다.

지난 밤 내내 천둥번개가 몰아치고 거센 빗줄기가 장대질을 하듯이 세차게 쏟아졌다. 그가 이런 꿈을 꾼 것은 이색이 심문을 당하던 일을 보고받아 마음이 뒤숭숭해진 탓이다.

정도전은 윤이와 이초의 사건으로, 이색을 다시 귀양 보내는 데 성공했다. 물론 탄핵은 정도전이 했지만, 공양왕을 뒤에서 조종한 정몽주의 선택도 무시할 수 없다. 간관들이 이색의 국문을 요구하자 공양왕은 여러 차례 거절하였다. 그럼에도 간관들은 공양왕에 대한 거센 압박을 멈추지 않았다.

"이색을 놀라게 하지 말라. 만약 복죄하지 않거든 마땅히 다시 교지를 받아서 심문하라."

공양왕이 영을 내렸다.

이색은 마침내 청주에서 국문을 당하게 되었다. 심문관들이 한창 여러 죄수를 국문하고 있을 때 갑자기 사방이 캄캄해지면서 천둥번개가 몰아치고, 굵은 빗줄기가 장대질을 하듯이 세차게 쏟아졌다. 앞 냇물이 순식간에 범람하여 성의 남문을 부수어, 바로 북문에 부딪쳤다. 성 안의 물 깊이가 한 길이 넘어서 관사와 민가가 떠내려가는 바람에 옥관(獄官)은 허둥지둥 나무를 휘어잡고 올라가서 죽음을 면했다.

"고을이 생긴 이후로 수재가 이같이 심한 적은 없었다."

노인들이 어진 사람을 국문하여 하늘이 노한 것이라며 웅성거렸다. 그 소식이 즉시 개경으로 날아오자 공양왕은 더 이상 이색을 국문하지 말라는 영을 내렸다. 이색을 탄핵하던 간관들도 그 소식을 듣고 불안에 떨었다. 이색을 심문하여 하늘이 재앙을 내리는 것이라고 생각했기 때문이다. 정도전도 그 소식을 듣자 무엇인가 불길한 예감이 느껴졌다.

'내가 바라는 것은 오로지 요순의 태평성대다.'

정도전은 평생 동안 오직 그 한 가지만을 꿈꿔 왔다. 임금은 백성을 사랑하고, 백성들은 밭을 일구어 배부르고 등 따뜻하게 사는 세상, 전쟁도 없고 가난도 없는 세상, 봄이면 들꽃이 난만하고 햇살이 따뜻하여 남정네들은 들에 나가 일을 하고 아낙네들은 나물 캐고 빨래하면서 즐겁게 노래를 부르는 세상… 요순의 태평성대는 동양인들의 이상향이었다. 정도전은 백성들이 격양가(擊壤歌)를 부르며 즐거워하고 강

구연월(康衢煙月) 곳곳에서 임금의 덕을 칭송하여 태평성대를 노래하는 소리가 그치지 않는 세상을 바랐다.

> 해 뜨면 들에 나가 일을 하고
> 해가 지면 집에 돌아와 쉰다
> 우물을 파서 물을 마시고
> 밭을 갈아 곡식을 먹으니
> 내가 살아가는 데 임금의 힘이
> 무슨 필요가 있으리

정도전은 그런 세상에 살고 싶었다.

이색을 국문하는 날 억수같이 쏟아지는 비를 바라보면서 정도전의 시름은 더욱 깊어져 갔다. 결국 심문은 중단되고 말았다.

'내가 바라는 세상은 현실에서 이루어질 수 없는 것인가?'

정도전은 날이 밝았는데도 자리에서 일어나지 않고 허공만 바라보았다. 그는 권력가들의 수탈과 지긋지긋한 가난에 허덕이는 백성들을 위해서라도 고려는 반드시 무너져야 한다고 생각했다. 맹자도 말하지 않았던가. 포악하고 학정을 일삼는 군주는 일개 필부에 지나지 않는다고. 하지만 정몽주와 이숭인이 새 나라를 건설하려는 그에게 등을 돌리고 있었다.

'혁명은 끝내 피를 보아야 하는 것인가?'

정도전은 새 세상을 열기 위해서 스승과 절친한 벗을 버려야 한다고 생각하자 쓸쓸한 감정을 느꼈다. 이제야 스승 이색이 말한 '대의멸친'의 네 글자를 가슴으로 체감하는 그였다.

하륜은 가슴에서 뜨거운 불덩어리가 치밀어 올라오는 듯한 기분을 느꼈다. 정도전이 마침내 스승인 이색을 추방한 것이다. 그는 이색의 현실 인식에 동의하지 않았지만 사제 관계의 정은 훼손시키고 싶지 않았다. 하륜은 자리에 일어나 왼쪽 눈을 쓰다듬었다. 언제부터인가 자신의 왼쪽 눈이 침침해져, 사물이 잘 보이지 않게 되었기 때문이다.

'눈이야 두 쪽 있으니, 한쪽 눈으로도 세상을 볼 수 있겠지만… 내 두 눈 중 한쪽을 차지하던 형님은 어떻게 해야 하는가?'

윤이, 이초 사건으로 자신이 유배 생활에 처하게 됐을 때만도 설마 하는 마음이 더 컸던 하륜이다. 하지만 이제 정도전은 스승까지 제거하려 한다. 그렇다면 언젠가 자신도 정도전에 의해 제거될지 모른다. 정도전의 가슴속에는 오로지 혁명밖에 없었다.

'형님에게 나는 어떠한 존재인가?'

하륜은 점점 정도전이 두려워졌다. 아니, 정도전에게 공격받아 상처받을 자신의 모습이 두려워지고 있는 것이다.

"너는 신념이 없는 것이냐? 아니면 숨기고 있는 것이냐? 달가와 삼봉은 신념을 품고 세상의 풍랑을 헤쳐가고 있는데 너는 도대체 무엇을 하고 있는 것이냐?"

지난 밤 이색이 한 말이었다. 이색은 정도전에 의해 유배를 떠나는 데도 전혀 그를 원망하지 않았다.

"벼슬에 나가면 해야 할 일을 반드시 하고, 어떤 일을 당해서도 회피하면 안 되는 법이다. 나는 삼봉처럼 그렇게 하지 못하기 때문에 인생이 곤욕스러운 것이다. 너도 나와 같은 인생을 살려고 하느냐?"

이색은 하륜에게 자신을 본받지 말라고 했다. 이색과 헤어져 집으로 돌아오는 하륜의 발걸음은 한없이 무거웠다.

정몽주는 공양왕을 등에 업고 정도전과 이성계 세력에 맞서기로 결심했다. 그 역시, 정도전과 같은 길을 가지 않으려는 것이다. 정몽주는 이제 비장한 각오로, 정도전을 제거하려는 준비를 하였다. 왕조를 찬탈하려는 정도전의 신념을 용납할 수 없기 때문이었다. 그것이 정몽주의 신념이었다.

"적어도 전제 개혁에 있어서는 저랑 같은 입장이 아니시겠습니까?"

조준이 술잔을 내려놓으며 말했다. 그의 집에 정몽주가 찾아온 것이다.

"왜 그렇게 생각하십니까?"

정몽주가 그에게 술을 따르며 되물었다. 정몽주는 정도전과의 밀약을 통해 고려의 토지 문서를 불태우는 일을 묵인했다. 또한 스승 이색의 유배 과정도 짐짓 눈감아 주었다. 어차피 모든 비난의 화살은 정도전에게 향할 것이기 때문이다. 대신 정몽주는 그동안 토지 개혁에 반대하던 세력의 우두머리로 올라섰다. 즉, 이색의 추종자들이 모두 정몽주의 깃발 아래로 모인 것이다.

"전제 개혁을 반대하던 대감께서 어찌 저를 찾아오셨습니까?"

조준은 정몽주의 눈을 가만히 살폈다. 충성심 깊은 이 사내가 자신을 찾아온 이유는 무엇인가 제안을 하기 위해서일 것이다.

"삼봉에 의해 전제 개혁의 수장이 된 대감의 상황 역시 순탄치 않을 것입니다."

정몽주는 대답 대신 조준의 의중을 살폈다.

"대책은 세우셨습니까?"

"삼봉이 참 멀리 가 있는 것 같습니다."

정몽주가 또 한 번 조준의 머릿속을 혼란에 빠트렸다.

"어디서 멀리 가 있다는 말씀이십니까?"

정몽주는 대답 대신 술상을 집게손가락으로 툭툭 쳤다. 아마도 현실이라는 의미일 것이다. 조준은 이를 이해하고 다시 한 번 크게 웃어 제쳤다.

"계구수전(計口授田)이라니 말이나 되는 소리입니까?"

정몽주가 곤혹스러운 표정을 지었다. 국가가 모든 토지를 몰수한 다음 인구 수대로 다시 경작권을 재분배하는 것이 정도전의 토지 개혁안이다.

"전제 개혁은 백성들의 지지를 받을 수 있는 가장 좋은 책략이겠지요. 중요한 건 대신들에게 피해가 없어야겠는데. 조 대감의 개혁안을 보면 고려해볼 만합니다."

정몽주가 미소를 지으며 조준을 보고 말했다.

"그럼 도와주시겠습니까?"

"물론입니다. 전제 개혁은 삼봉의 것이 아니라, 조 대감의 것입니다."

"대신들의 반발도 막아주시겠습니까?"

조준이 신이 나서 물었다.

"그건 삼봉에게 달렸습니다."

정몽주가 의미심장한 미소를 지었다.

정몽주와 조준이 합의하면서 1391년(공양왕 3)부터 과전법 개혁이 진행되었다. 정도전의 개혁안과는 다르게, 국가가 몰수한 토지를 정부 각 기관과 현직 관료들에게 수조권(收租權, 세금을 수취할 수 있는 권리)을 지급하는 방식으로 정해졌다. 백성들은 자신이 경작한 토지에서 수확의 10분의 1만 세금으로 내면 되었다.

정몽주는 정도전을 제거하기 위해 치밀한 계획을 세웠다. 그는 정도전에게 《맹자》를 주면서 역성혁명을 부추겨 왔다고 생각하였다. 그와 수십 년 동안 우정을 나누었고 그의 개혁 사상을 지지했다. 자신은 그동안 현실에 지나치게 안주해 왔다. 우왕과 창왕을 제거할 때도 그는 반대도 찬성도 하지 않은 미지근한 태도를 보였다. 오히려 조정의 수장이 되어 우왕과 창왕을 참수하라는 왕명을 거들고 민심을 안정시키는 역할을 맡았다. 스승인 이색이 탄핵을 받았는데도 그를 위해 변명조차 하지 않았다.

'우왕과 창왕은 신돈의 자식이라 그렇다 해도 이제는 공양왕을 중심으로 개혁을 해야 한다. 공양왕은 욕심도 없고 인품도 훌륭하다.'

그는 정도전과 이성계의 패거리가 조정에서 권력을 농단한다고 보았다. 정몽주는 조정으로 대거 진출한 이성계 휘하의 장수들과 형제들의 모습에서 신악(新惡)을 발견하였다.

'패거리를 지어 자신의 패거리가 아닌 자들을 모두 죽이려 하는군.'

정몽주는 그들의 행동에 역겨움을 느꼈다.

'나는 그동안 한 번도 칼을 사용하지 않았다.'

정몽주는 반대파들을 제거하기 위해 그동안 음모를 꾸미거나 탄핵을 하지 않았다. 그러나 이제는 정도전과 이성계를 몰아내기 위해 칼을 사용하지 않을 수 없다고 생각했다.

이성계는 고려조정의 분위기가 심상치 않자 시중 직을 사임하고 함주로 돌아가겠다고 말했다. 이성계가 사직을 하자 조정이 발칵 뒤집혔다. 정도전 등은 사직을 만류하고, 정몽주 등은 그 틈을 노려 이성계 패거리들을 제거하려고 하였다. 정몽주는 오랫동안 권력의 중심에서 활동해 온 인물이었다. 비록 온건한 활동을 했으나 격변하는 시대였기 때문에 권력의 속성을 잘 알고 있었다.

"정도전은 천민 출신으로 높은 벼슬자리에 오르게 되자 미천한 근본을 숨기기 위해 본래의 상전을 제거할 것을 꾀하였습니다."

정몽주는 간관들을 동원하여 정도전을 탄핵하기 시작했다. 정몽주가 간관들을 내세워 탄핵을 하자 정도전은 평양 부윤으로 좌천될 수밖에 없었다. 숙청된 것은 아니었으나 권력의 중심에서 멀어지게 만든 것이다. 이 과정에서 이성계에게 아부하던 패거리들조차 정몽주의 탄핵에 가담하여 정도전을 제거하려고 했다. 정도전은 이성계의 세력 안에서 주도권을 차지하기 위한 음모에 휘말린 것이다.

'달가 형님의 솜씨가 예사롭지 않군.'

정도전은 고개를 절레절레 흔들었다. 정몽주와 비록 다른 길을 간다고 해도 그에 대한 믿음이 있었는데, 간관들이 자신의 신분까지 거론하자 얼굴이 뜨거워졌다. 정도전은 이성계 패거리들 중에서 주도권을 다투려는 자들에게 경고를 하기 위해 대궐로 향했다.

"간관들입니다."

정도전이 대궐에 이르렀을 때 그들 앞에 한 무리의 간관들이 지나가다가 걸음을 멈췄다. 정도전은 황거정의 말에 미간을 찌푸리고 차가운 눈빛으로 간관들을 노려보았다. 간관들도 정도전을 날카로운 눈빛으로 쏘아보고 있었다. 장내에 팽팽한 긴장감이 감돌기 시작했다.

"대감, 아직 부임을 안 하셨습니다."

간관 김진양(金震陽)이 입언저리에 미소를 매달고 말했다. 정도전이 아직 평양 부윤으로 부임하지 않은 것을 비꼰 것이다.

"오늘 중으로 부임하려고 하네."

"급히 서두르실 일은 없습니다. 부임하지 않아도 될지 모르니 말입니다."

김진양의 말에 간관들이 일제히 웃음을 터뜨렸다. 탄핵을 당하면 평양 부윤으로 부임할 필요가 없다는 뜻이었다. 간관들이 정도전에게 고개를 까닥 하고 소맷자락을 펄럭이면서 천추전을 향해 멀어져 갔다.

'오늘 일이 터지겠구나.'

정도전은 김진양의 얼굴에서 자신을 반드시 제거하고 말겠다는 의지를 읽었다.

"도전이 외람히 공신의 반열에 있으면서 속으로는 간악한 마음을 품고, 겉으로는 충직한 척하여 국정을 더럽혔으니 죄를 주기를 청합니다."

마침내 간관과 형조에서 상소를 올려 정도전을 탄핵했다.

"정도전은 공신인데 어찌 탄핵을 하는가? 간관들은 옳지 않다."

공양왕은 일단 간관들의 상소를 물리치는 체했다.

"정도전은 작당을 하여 이색을 탄핵했습니다. 이색은 공민왕의 충신인데 사사로운 이익을 위하여 탄핵했을 뿐 아니라 자기와 뜻을 같이하지 않는 자들을 모함하여 축출했으니 역신입니다."

간관들이 또다시 일제히 상소를 올렸다.

"정도전을 본향인 봉화로 보내라."

결국 공양왕은 정도전을 봉화로 귀양을 보내라는 영을 내렸다. 정몽주 세력은 때를 놓치지 않고 맹공을 퍼부었다.

"도전은 가풍이 바르지 못하고 파계(派系)가 명백하지 못한데, 외람되게 높은 관직을 받고 조정에 섞여 있으니 고신과 녹권을 회수하고 그 죄를 밝게 다스리소서."

공양왕은 다시 상소가 올라오자 정도전의 직첩과 녹권을 회수하고, 귀양지를 나주로 바꾸었다. 그리고 아들 진과 담을 모두 폐하여 서인으로 삼았다. 정도전이 귀양을 가면서 이성계의 측근이 일시에 무너지기 시작한다. 정몽주는 우현보를 단산부원군으로, 한천을 판개성부사로, 강회백을 정당문학 겸 대사헌으로, 윤취를 지밀직사사로, 안경공을 예문관 제학으로, 우홍수를 동지밀직사사로, 성석용을 밀직사사로 삼았다. 이성계와 정도전의 측근이 하루아침에 파직당하고 정몽주 일파가 조정을 장악한 것이다.

하륜은 정몽주 일파가 정도전의 출신까지 거론하자 깜짝 놀랐다. 그 문제는 정몽주의 머릿속에서 나온 것이 아니라 우현보에게서 나온 것이 분명해 보였으나, 절대적으로 건드리지 말아야 하는 것이었다.

'달가 형님이 이제 삼봉 형님의 혈통까지 거론하는구나. 그렇다면 나의 혈통 역시 가만두지 않겠구나.'

하륜이 점점 악화되어 가고 있는 자신의 왼쪽 눈을 감싸며 생각했다. 자신 역시 삼봉처럼 평생을 '종의 자식'이라 불리며 살았다.

'더 이상 달가 형님에게도 기대할 것이 없다.'

하륜은 정몽주에게 실망했다.

'정몽주가 나를 치려고 탄핵한 줄 아십니까? 정몽주는 나를 꺾고 이 시중의 측근을 모조리 제거한 뒤에 바로 이 시중을 탄핵할 것입니다. 이 공께서 잘 헤아려 보십시오.'

정도전은 나주로 내려가자 이방원에게 밀서를 보냈다. 이방원은 그때서야 깜짝 놀라 이성계에게 고했으나 그는 아무런 대책도 세우지 않았다. 이성계는 정도전을 이용해 자신에게 반대하는 세력을 찾아내려고 하고 있었다.

때마침 이성계는 세자를 황주(黃州)까지 나가서 맞이한 후, 해주(海州)에서 사냥하다가 말에서 떨어져 중상을 입은 일이 발생했다.

'하늘이 무심하지 않아 이성계가 낙마했구나. 이 기회를 놓치면 정도전을 제거할 수 없다.'

정몽주는 이성계가 낙마하여 생명이 위독하다는 말을 듣고 쾌재를 불렀다. 그는 공양왕의 내시를 보내 이성계의 병문안을 살피는 체하면서 이성계가 실제로 얼마나 아픈지 살피고 오게 했다.

"이 시중은 중상을 입어 누워 있습니다."

내시가 돌아와서 보고를 올렸다. 정몽주는 즉시 간관 김진양, 이확, 이내, 이감, 권홍, 유기를 시켜 삼사좌사 조준, 전 정당문학 정도전, 전 밀직부사 남은, 전 판서 윤소종, 전 판사 남재, 청주목사 조박 등을 탄핵했다.

"정도전은 미천한 신분으로서 몸을 일으켜 당사(堂司)에 자리를 차지하였으므로, 미천한 근본을 덮고자 본주(本主)를 제거하려고 하는데, 홀로 일을 할 수 없으므로 참소로 죄를 얽어 만들어 많은 사람을 연좌시켰습니다. 또 조준은 한두 사람의 재상 사이에서 우연히 원수와 틈을 일으켜 도전과 함께 마음을 같이하여 서로 변란을 선동하고, 권세를 희롱하여 여러 사람을 꾀고 협박하니, 이에 벼슬을 잃을까 걱정하는 염치없는 무리와 그 뜻에 영합하여 일을 일으키려는 무리들이 호응하여 일어났습니다. 그중에 남은, 남재 등은 난을 선동하는 보좌가 되고, 운소종, 조박 등은 말을 꾸며 내는 앞잡이가 되어, 서로 부르고 화답하여 죄의 그물을 널리 펼쳐서 형벌을 주어서는 안 되는 사람에게 형벌을 씌우고, 본래 죄가 없는 일에서 죄를 구하니, 여러 사람의 마음이 두려워하여 모두 원망하며 탄식하고 있습니다. 이들의 목을 베기를 청합니다."

간관들의 탄핵 내용에는 본주를 제거하려고 했다는 내용이 들어 있었다. 본주는 공양왕을 말하는 것이다.

"조준을 귀양 보내고, 남은, 윤소종, 남재, 조박, 정도전은 관직을 삭탈하여 먼 지방으로 귀양 보내고 나머지는 아뢴 대로 하라."

공양왕은 이성계의 측근인 조준, 남은, 윤소종, 남재, 조박은 관직을 삭탈하고 먼 지방으로 귀양 보냈다. 정도전 또한 유배 중에 있었으나 이첨이 귀양을 보내라는 말을 잊고 기록하지 않아서 목을 베게 되었다. 정몽주 쪽에서도 정도전을 극형에 처하고, 나머지는 귀양을 보낸다는 공양왕의 왕명에 깜짝 놀랐다.

"조준 등은 정도전과 그 죄가 같은데, 어제 글을 올려 베기를 청하였으나 오직 도전만 특별히 승낙을 받았을 뿐이며, 나머지 사람은 다만 외방으로 추방하기만 했으니 죄는 같은데 벌은 다릅니다. 청하건대 조준 등을 모두 극형에 처하소서."

김진양이 다시 아뢰었다. 그의 말에 이번에 놀란 사람은 공양왕, 자신이었다.

"나는 정도전을 베라는 영을 내린 적이 없다."

공양왕이 깜짝 놀라서 말했다. 아직 이성계의 병이 어떤지도 모르는 상태에서 정도전의 목을 베면 우왕이나 창왕처럼 죽음을 당할 수도 있었다. 공양왕은 양광도 관찰사에게 명을 내려 먼저 남은 등 여러 사람을 국문하여 그 진술한 말이 관련이 있을 경우에만 비로소 정도전을 국문하라고 지시했다.

이방원은 정도전과 조준의 목을 베라는 상소가 빗발치듯이 올라오자 비로소 상황이 심상치 않다는 것을 깨달았다. 정도전과 조준이 제거되고 나면 정몽주의 칼날이 이성계를 향해 날아올 것이라는 사실은 불을 보듯 뻔한 일이었다.
"아버님께 가자."
이방원은 이성계를 찾아 해주로 달려갔다. 그러나 이성계는 해주를 떠나 벽란도에서 유숙을 하고 있었다.
"정몽주가 우리 집안을 해치려고 하고 있습니다."
이방원이 다시 벽란도로 달려가서 이성계에게 다급하게 고했다. 그러나 이성계는 선뜻 대답하지 않았다. 그는 말에서 떨어진 부상의 통증 때문에 얼굴만 잔뜩 찌푸리고 있었다.
"아버님, 이곳에 유숙해서는 안 됩니다. 속히 개경으로 돌아가야 합니다."
"내 몸이 이런데 어찌 돌아가라는 말이냐?"
"지금 돌아가지 않으면 정도전과 조준이 죽음을 당할 것이고, 그 뒤에는 우리 집안이 도륙될 것입니다."
이성계는 이방원이 몇 번이나 간청을 하자 마지못해 개경으로 돌아가기로 결정했다. 그러나 이성계는 부상으로 움직일 수 없었기 때문에 병든 몸을 억지로 참고 견여(肩輿, 들것)를 타서 사저로 돌아왔다.

개경은 정도전의 목을 베는 일로 뒤숭숭했다.

"형세가 이미 위급합니다. 장차 어찌하려 하십니까?"

이방원이 이성계에게 말했다.

"죽고 사는 것은 천명에 있으니, 마땅히 천명을 따라서 받아들일 뿐이다."

이성계가 눈을 지그시 감으며 말했다.

'정몽주를 죽이지 않으면, 정도전이 죽는다.'

이방원은 정도전을 잃으면 이성계의 야망도 이루어지지 않는다고 생각했다.

1392년은 고려가 무너지고 조선이 개국하는 해였다. 이방원은 역성혁명을 일으키기 위해서 정몽주의 진심을 파악해야 한다고 생각했다. 그는 어느 날 정몽주를 집으로 초대하여 연회를 베푼 뒤에 시 한 수를 읊었다.

이런들 어떠하리 저런들 어떠하리
만수산 드렁칡이 얽혀 산들 어떠하리
우리도 이와 같이 하여 아니 죽으면 어떠하리

이방원이 지었다는 〈하여가何如歌〉다. 심광세(沈光世)의 《해동악부 海東樂府》에는 두 번째 연이 '성황당 뒷담이 다 무너진들 어떠하리'로 되어 있다. 이는 이방원이 정몽주의 의중을 파악하기 위해 지은 시라고 하여 조선시대 내내 인구에 회자되었다.

- 이 몸이 죽고 죽어 일백번 고쳐 죽어
  백골이 진토되어 넋이라도 있고 없고
  임 향한 일편단심이야 가실 줄이 있으랴

정몽주는 이방원의 〈하여가〉에 〈단심가(丹心歌)〉로 대답했다. 단심은 임금에 대해 충성하는 붉은 마음이다.

정몽주의 죽음에 대한 실록의 기록은 약간 다르다. 이방원이 정몽주를 죽이자고 하였으나 이성계는 이를 허락하지 않았다. 이방원이 숭교리의 옛집에 이르러 근심을 하고 있는데 광흥창사 정탁이 찾아왔다.

"왕후장상의 씨가 따로 있습니까? 이 기회를 놓치면 안 됩니다."

정탁이 이방원에게 군사를 일으킬 것을 강력히 주장했다. 이방원이 즉시 이성계의 집으로 돌아와서 바로 위의 형인 이방과와 이화, 이제와 의논하고 이두란에게 정몽주를 죽이라는 지시를 내렸다.

"우리 대장군께서 모르는 일을 어찌 감히 할 수 있겠습니까?"

이두란은 이성계 모르게 정몽주를 죽일 수 없다고 반대했다. 다른 장수들도 선뜻 나서지 않았다.

"아버님께서 내 말을 듣지 않지만 내가 책임을 질 것이다."

이방원의 단호한 선언에 휘하 장수들의 눈이 살기를 뿜었다.

"이 씨가 고려 왕실에 공로가 있는 것은 나라 사람들이 모두 알고 있으나 지금 소인의 모함을 받고 있다. 만약 스스로 변명하지 못하고 손을 묶인 채 살육을 당한다면 저 소인들은 반드시 이 씨에게 더러운 죄를 뒤집어씌울 것이다. 뒷세상에서 누가 능히 이 사실을 알겠는가? 내 휘하에 장수들이 많은데 그중에서 한 사람도 이 씨를 위하여 힘을 쓸 사람이 없는가?"

이방원이 언성을 높여 소리를 질렀다.

"어찌 사람이 없다고 하십니까? 명령만 내리시면 당장 일을 처리하겠습니다."

이방원의 맹장 조영규가 눈을 부릅뜨고 외쳤다. 다른 장수들도 앞다투어 정몽주를 격살하겠다고 소리쳤다. 이방원의 집에는 팽팽한 긴장감이 감돌았다. 이방원은 자신의 심복인 조영규, 조영무, 고여, 이부 등에게 도평의사사(都評議使司)에 들어가서 정몽주를 살해하라는 영을 내렸다.

정몽주가 이성계를 찾아온 것은 이때였다.

"정몽주를 죽이려면 지금이 천재일우의 기회입니다."

이화가 이방원에게 말했다.

"그렇다. 지금이야말로 정몽주를 해치울 때다."

"대장군이 노하시면 큰일인데 어찌하겠습니까?"

이화가 장수들과 계책을 세운 뒤에 이방원에게 물었다.

"하늘이 준 기회를 버리면 오히려 재앙이 되어 돌아온다. 사정이 이러한대 어찌 주저함이 있겠는가?"

이방원은 두 눈에서 무서운 살기를 뿜었다.

이상향을 향한 질주

계절은 봄인데도, 날씨가 후텁지근했고 오랜 가뭄으로 대기는 건조하였다. 수양버들이 휘휘 늘어진 개경의 남쪽 개울이었다. 자남산 동쪽 기슭에서 실개울이 흘러내리고 그 위에 다리가 하나 있었다. 실개울의 둑으로 조복을 입은 노인이 젊은 사내를 데리고 말에 앉아 느릿느릿 오고 있었다. 노인은 키가 작았으나 흰 수염이 탐스러운 선풍도골(仙風道骨)이었다. 뒤의 사내는 청수한 젊은 문사였다. 수염이 탐스러운 노인은 고려의 문하시중 정몽주, 젊은 사내는 그의 녹사(錄事, 수행원)였다.

이방원과 만난 뒤 정몽주는 개울가에 있는 벗의 집을 찾아갔다. 대문도 없는 그 집은 대나무들이 울창하게 울타리를 둘러싸고 있었다. 안에는 소박한 초가 한 채가 때 이른 더위를 견디어냈다.

"대감께서 어쩐 일이십니까?"

정몽주가 초가 앞에 이르자 마루에 앉아서 천을 짜던 백의소부가 다소곳이 인사를 했다. 예부터 미색이 많기로 유명한 개경이다. 허름한 백의를 입은 젊은 부인도 당세에 짝을 찾기 어려운 미인이었다.

"지나는 길에 날이 더워 시원한 곡주가 있으면 얻어 마시려고 들렀소."

정몽주가 눈이 부시게 아름다운 백의소부를 바라보면서 말했다.

"이미 많이 드신 것 같은데…."

"하하하. 오늘은 취할 수밖에 없는 날이라서 괜찮소."

백의소부는 총총걸음으로 부엌으로 들어가 작은 술동이를 가지고 나왔다. 정몽주가 쿵쿵거리고 술 향기를 맡더니 표주박으로 떠서 몇

잔을 거푸 마셨다.

"오늘은 풍색(風色)이 매우 사납구나."

정몽주가 문득 하늘을 쳐다보고 수염을 쓰다듬으면서 뇌까렸다.

"무엇을 보고 계십니까?"

"귀천(歸天)이라… 내 돌아갈 곳을 찾고 있소."

"하늘에 돌아갈 곳이 있다는 말씀입니까?"

"가는 동안 목이 마를 것이라 미리 술을 마시는 것이오."

정몽주는 탄식을 하면서 술을 마신 뒤에 꽃 사이에서 한바탕 춤을 추었다.

"대감께서는 가실 곳이 없어 보이십니다."

백의소부는 정몽주의 기이한 행동에 눈물을 흘리며 바라보다가 옆구리에 꽂혀 있던 통소를 꺼내 불기 시작했다. 녹사는 그녀가 통소를 불자 청솔 바람이 솔솔 불어오고 아름다운 채운(彩雲)이 하늘에 가득한 기분에 빠져들었다. 백의소부가 부르는 통소 소리는 천상에서 들려오는 소리처럼 아름다웠다.

이내 여인의 연주가 끝이 났다. 만개한 꽃 사이를 누비며 너울너울 춤사위를 펼치던 정몽주가 말없이 초가를 나와 말을 타고 돌아가기 시작했다. 젊은 녹사가 황급히 뒤를 따랐다.

"너는 뒤에 멀찍이 떨어져 오거라."

정몽주가 뒤를 따라오는 녹사에게 말했다.

"소인의 임무는 대감을 수행하는 것입니다. 어찌 멀리 뒤떨어져 오라고 하십니까?"

정몽주의 기이한 행동을 본 녹사는 불길한 예감을 느끼면서 그렇게 말했다.

"나를 바짝 따라오면 반드시 해를 입을 것이다."

정몽주는 체념어린 표정으로 대답했다.

"소인이 죽는다고 해도 대감을 따르겠습니다."

녹사의 말에 정몽주는 가련한 표정을 지으면서 말을 몰아 따각따각 앞서 걷기 시작했다.

"멈춰라!"

정몽주와 녹사가 느릿느릿 걸어서 선지교에 이르렀을 때 길섶에 매복하고 있던 사내들이 일제히 뛰쳐나왔다.

"웬 놈들이냐? 썩 물러가라."

녹사가 고함을 지르면서 칼을 뽑아들고 정몽주의 앞을 막아섰다.

"죽어랏!"

조영규가 핏발 선 눈으로 소리치면서 철퇴를 휘둘렀다. 그러자 허공을 가르는 바람소리와 함께 철퇴가 녹사의 가슴팍을 때렸다. 퍽 하는 소리와 함께 녹사가 처절한 비명을 지르면서 나뒹굴었다.

"가서 전하여라. 나는 한 세상 잘 보내고 하늘나라로 돌아갔다고…."

정몽주가 조영규를 향해 태연하게 말했다. 조영규는 흠칫하는 표정이었으나 정몽주를 향해 철퇴를 휘둘렀다. 정몽주가 비명을 지르면서 말에서 굴러 떨어졌다. 그러자 고여와 이부가 재빨리 달려들어 정몽주를 향해 철퇴를 내리쳤다. 정몽주의 몸이 으스러지고 피가 낭자하게 흘러내렸다.

"가자!"

조영규 등은 정몽주의 숨이 끊어진 것을 확인하고 돌아갔다.

"나리….'

녹사는 피눈물을 흘리면서 엉금엉금 기어가 정몽주의 시신 앞에서 통곡했다.

정몽주는 고려를 위하여 절개를 지키다가 조영규 등에게 격살을 당해 죽었다. 그가 죽은 뒤에 고려는 속절없이 무너졌고 후세의 많은 사람들이 그의 죽음을 애통해했다. 그의 피가 홍건하게 스며든 선지교(선죽교)에는 아직도 선혈의 흔적이 남아 있다고 한다.

정몽주는 경상도 영천 출생으로 학문이 뛰어나 과거에 급제한 뒤에 여러 벼슬을 역임하면서 무너져가는 고려를 지키기 위해 부단히 노력했다. 이성계 일파도 새로운 세상을 열기 위해 정몽주를 자신의 세력으로 끌어들이려고 했으나, 그는 끝내 고려와 운명을 같이했다.

十四 · 핏빛 태양

왕조가 바뀌었다. 고려는 5백 년의 왕업을 면면히 이어오다 종말을 맞이했다. 하늘에는 새로운 태양이 떠오르고 정도전은 마침내 조선왕조 5백 년의 아침을 열었다.

정몽주의 죽음으로 고려를 수호하려는 세력은 철퇴를 맞았다. 이색과 이숭인이 다시 귀양을 가고 정도전과 조준을 탄핵했던 간관들은 목숨을 부지하기 어려워졌다. 개경에 무시무시한 숙청의 바람이 휘몰아쳤다. 반면 조준을 비롯하여 귀양을 갔던 이성계의 측근들은 속속 복귀하였다. 정도전도 참수를 당하기 일보 직전에 살아나 개경으로 돌아올 수 있었다.

그럼에도 이성계는 벼슬을 버리고 동북 면으로 돌아가려는 시늉을 했다.

"공의 한 몸은 종사와 백성에 매여 있으니 어찌 그 거취를 경솔히 할 수가 있겠습니까? 왕실에 남아서 현인을 등용시키고, 불초한 사람을 물리쳐서 기강을 잡으십시오."

정도전이 만류했다. 정몽주의 죽음은 고려왕조를 지키려는 세력의 숨통을 끊어놓은 것이나 마찬가지였다. 공양왕은 이제 자신의 목숨까지 위태로운 지경에 이르렀다.

"내가 장차 이성계와 더불어 동맹을 맺으려고 하니, 경이 내 뜻을 살펴 이성계에게 전하고 맹서(盟書)를 초하여 오라."

공양왕이 조용(趙庸)에게 말했다.

"맹서는 성인이 싫어하는 바입니다. 열국의 동맹 같은 것이 옛날에 있었으나 임금이 신하와 더불어 동맹을 맺는 것은 고사에 근거할 만한 것이 없습니다."

조용이 깜짝 놀라 반대했다. 그러나 이성계 세력에 눌린 공양왕은 조용의 반대에도 불구하고 이성계와 동맹을 맺었다.

"경이 있지 않았으면 내가 어찌 이에 이르렀겠는가? 경의 공과 덕을 내가 어찌 감히 잊겠는가. 대대로 자손들은 서로 해치지 말 것이다. 내가 경에게 믿음이 있는 것은 이 같은 맹약이 있기 때문이다."

문맥을 보면 공양왕이 이성계에게 목숨을 구걸하고 있는 것을 알 수 있다. 공양왕과 맹서를 했음에도 불구하고, 이성계는 즉위한 뒤에 그를 살해한다.

송악산에서 내려다본 개경은 지척이 분간되지 않을 정도로 짙은 어둠에 둘러싸여 있었다. 이성계는 말 위에 앉아서 고려의 도읍 개경을 묵연히 내려다보았다. 어둠에 잠긴 개경은 칠흑의 바다처럼 캄캄했다. 바람 한 점 불지 않는 날씨였다. 어두운 하늘에는 무수한 별들이 떠서 영롱하게 반짝이고 숲에서는 싱싱한 녹향이 뿜어졌다.

"내일 아침, 시중 배극렴이 교지를 받아낼 것입니다."

조준이 뒤에 서서 조용히 말했다. 그의 옆에는 남은과 정도전이 서 있었다. 소위 이성계의 책사들로 그들은 왕조의 틀을 완전히 바꿀 준비를 끝내놓고 있었다. 이제는 이성계가 결단을 내릴 시간이 다가왔다. 이방원이 정몽주를 격살한 뒤에 개경 일대는 참언과 동요까지 나돌고 있었다.

"목자(木子)가 나라를 얻는다."

목자는 파자로 합치면 이(李) 자가 된다. 물론 그 참요는 이성계 쪽에서 개경의 인심을 얻기 위해 퍼트린 것이었다. 개경에서 많은 사람들이 그 노래를 부르고 돌아다녀 민심이 흉흉해졌다.

"고려는 5백 년 왕업을 이어 왔네."

이성계가 혼잣말처럼 나지막하게 중얼거렸다. 막상 결단을 내리려고 하자 무거운 중압감이 그의 어깨를 짓눌렀다. 자신이 거느린 군사들이 배신하여 고려왕조에 붙어버리면 한순간에 몰락하게 된다. 이성계 자신은 물론 가문이 멸문을 당할지도 모른다. 개경은 태풍전야처럼 숨을 죽이고 있었다. 5백 년 역사를 찬탈하려는 순간이 닥쳐왔는데도 고려 도읍 개경은 기이할 정도로 조용했다.

"역성혁명입니다."

정도전이 낮게 말했다. 역성혁명이니 비상한 각오를 해야 한다는 뜻이다. 역성혁명은 임금의 성을 바꾸는 것이다. 몰락한 왕조를 무너트리고 새 왕조를 탄생시켜야 한다. 위정자들은 역사를 찬탈할 때 천명을 받았다고 외친다. 역사가 바뀔 때 백성들이 주도적으로 나서는 일은 거의 없다. 백성들이 하는 일은 기껏해야 화적 떼가 되거나 진인

(眞人)을 기다리는 것에 불과하다. 위정자들은 백성들을 현혹시키기 위해 하늘의 명을 받았다고 주장하는 것이다. 이는 하늘을 속이고 백성들을 속이는 일이다.

"군대에 비상계엄을 선포해야 합니다."

고려왕실을 꼼짝 못하게 하는 일은 군대가 해야 한다. 이성계는 선뜻 대답을 하지 않았다. 이성계는 심지가 깊은 인물이다. 역사를 바꾸려고 하면서도 사람들에게 떠밀려 어쩔 수 없이 새 왕조를 세우게 되었다는 모양새를 취하고자 하였다. 노회한 정치가이자 전략가임이 분명하다. 이성계는 무예가 당대에 가장 출중한 인물이면서 책략까지 둘째가라면 서러워할 정도였다.

"잠시만 기다리라."

이성계는 말에서 내려 송악산 주봉으로 오르기 시작했다. 1392년 7월 11일 밤, 이제 막 떠오르기 시작한 달이 창천에서 신비스러운 월광을 뿌리고 있었다. 이성계의 수하들이 어리둥절한 표정으로 이성계의 뒷모습을 바라보았다. 송악산에는 태조 왕건이 고려를 세울 때 하늘에 제사를 지냈다는 천신대(天神臺)가 있었다. 이성계는 그곳을 향해 혼자서 휘적휘적 올라갔다. 송악산에서 가장 높은 주봉이리라. 그의 그림자 뒤편으로 희디흰 달빛이 나뭇잎과 골짜기를 휘감으면서 온 누리에 밝은 빛을 드러냈다.

"하늘이시여, 이성계를 보우하소서!"

이성계는 천신대에 이르자 하늘을 향해 무릎을 꿇고 절을 했다. 지난 며칠, 이성계는 생전 처음으로 긴장감이란 감정을 가졌다. 전쟁터로 출전하여 무수히 많은 적들을 죽일 때도 갖지 못한 무거운 긴장감이 엄습해 와 잠조차 제대로 이루지 못했다.

고려는 공양왕이 이성계와 동맹을 맺어야 할 정도로 그의 군대에 짓눌려 있었다. 임금을 마음대로 폐하고 세우는 이성계였다. 그가 한 마디 명령을 내리면 무시무시한 피바람이 불어 닥친다.

"계획대로 도모하라."

이성계는 한 시진(時辰) 만에 송악산 주봉에서 내려와 기다리고 있던 남은, 조준, 정도전에게 명령을 내렸다. 정도전이 그의 얼굴을 쳐다보자 감히 항거할 수 없는 굳은 결의가 엿보였다.

이튿날 조정을 대표하여 시중 배극렴이 공민왕의 부인인 왕대비 정비 앞으로 나아갔다.

"지금 왕이 혼암하여 임금의 도리를 잃고 인심도 이미 떠나갔으므로 사직과 백성의 주재자가 될 수 없으니 이를 폐하기를 청합니다."

내각 수반인 시중 배극렴이 아뢰자 왕대비는 눈을 질끈 감았다. 배극렴의 뒤에는 무장한 장수들이 따랐다. 또한 황궁 곳곳에도 창칼을 번뜩이는 군사들이 삼엄하게 배치되어 있었다. 마치 명령만 내리면 모조리 도륙해 버리겠다는 살벌한 기세였다.

"누구를 왕으로 세우려고 하오?"

왕대비가 떨리는 목소리로 물었다. 왕대비도 이성계와 동맹을 맺은 공양왕이 군대에 에워싸여 있다는 것을 잘 알고 있다.

"이성계 장군입니다."

"이성계 장군은 이성(異姓)이 아니오?"

왕대비는 눈앞이 캄캄해지는 것을 느꼈다. 공양왕 대신 이성계가 왕이 되는 것은 고려가 멸망하는 것을 의미한다. 고려의 왕대비로서 이는 필사적으로 막아야 했다. 그러나 한낱 여인인 왕대비가 막강한 군사들 앞에서 할 수 있는 일은 없었다.

"그러하옵니다. 그러니 교지를 내려주십시오."

새 왕조를 세우는 데 전 왕조의 왕대비가 교지를 내릴 필요는 없다. 그러나 이성계는 나라를 찬탈했다는 오명을 쓰지 않으려고 교지를 청한 것이다. 왕대비는 어쩔 수 없이 교지를 내려주었다. 남은은 왕대비의 교지를 가지고 공양왕에게 갔다. 공양왕은 부들부들 떨면서 부복하여 교지를 받았다.

"내가 본디 임금이 되고 싶지 않았는데 여러 신하들이 나를 강제로 왕으로 세웠소. 내가 어리석어 임금 자리에 앉았으니 어찌 신하의 심정을 거스른 일이 없겠소?"

공양왕은 울면서 왕관을 벗고 왕궁을 나갔다. 임금이 신하의 심기를 거스른 일을 걱정하니 기가 막힌 일이 아닐 수 없다. 공양왕의 처지를 잘 대변해 주는 말이다. 이성계의 군사들은 공양왕을 원주로 호송했다.

1392년 7월 16일, 정도전이 배극렴과 조준, 김사형 등 대소 신료와 함께 국새(國璽)를 받들고 이성계의 저택으로 향했다. 개경의 북천동,

이성계의 집 앞은 벌써 새 임금이 선다는 말을 들은 사람들로 골목을 가득 메우고 있었다. 대사헌 민개는 홀로 슬퍼하면서 고려가 멸망한다고 애통해하였다. 남은이 벌컥 화를 내고 민개를 죽이려고 하자 이성계가 만류했다.

"의리상 죽일 수 없다."

이성계의 집에서는 일가의 부인들이 이성계와 부인 강 씨에게 인사를 드리고, 물에 만 밥을 먹고 있었다. 이때 조정의 대신들과 군사들이 구름처럼 몰려오자 부인들이 모두 당황하여 북문으로 흩어져 돌아갔다.

배극렴 등은 이성계에게 왕위에 오를 것을 청했다. 백관이 일제히 늘어서서 절하고 북을 치면서 만세를 불렀다.

"나라에 임금이 있는 것은 위로는 사직을 받들고 아래로는 백성을 편안하게 하기 위해서입니다. 고려는 왕 씨가 건국함으로부터 지금까지 거의 5백 년이 되었는데, 공민왕에 이르러 아들이 없이 갑자기 세상을 떠났다. 그때에 간신들이 권세를 마음대로 부려 요망스런 중 신돈의 아들 우를 공민왕의 후사라 일컬어 왕위를 도둑질한 지가 15년이 되었으니 왕 씨의 제사는 이미 폐해진 것입니다."

이는 고려 왕실의 대가 끊어져 부득이 이성계가 임금이 될 수밖에 없었다는 설명이다.

"우가 포학한 짓을 마음대로 행하고 죄 없는 사람을 살육하며, 군대를 일으켜 요동을 공격하는 지경에 이르렀는데, 공이 맨 먼저 대의를 주창하여 군사를 돌이키니, 우는 스스로 그 죄를 알고 두려워하여 왕위를 사양하고 물러났습니다. 이에 이색, 조민수 등이 신우의 처부(妻父)인 이인임에게 가담하여 그 아들 창을 도와 왕으로 세웠으니, 왕씨의 후사가 두 번이나 폐해졌습니다. 이것은 하늘이 공에게 대위에 앉으라고 명한 것인데, 공은 겸손하게 사양하여 왕위에 오르지 아니하고 공양왕을 추대하여 임시로 국사를 서리(署理)하게 했으니, 거의 사직을 받들어 백성을 편안하게 할 수가 있었습니다. 그러나 하늘이 견책하는 뜻을 알려서, 성상(星象)이 여러 번 변하고 요얼이 번갈아 일어나니, 정창군(定昌君, 공양왕)도 스스로 임금의 도리를 잃고 백성의 마음이 떠나가서 사직과 백성의 주재자가 될 수 없음을 물어 알고 물러나와 사저로 돌아갔습니다. 그러나 군정과 국정의 사무는 지극히 번거롭고 지극히 중대하므로, 하루라도 통솔이 없어서는 안 될 것이니 마땅히 왕위에 올라서 하늘과 사람의 기대에 부응하소서."

배극렴 등이 꿇어 엎드려 아뢰었다.

"예로부터 제왕의 일어남은 천명이 있어야 한다. 나는 실로 덕이 없는 사람인데 어찌 감히 이를 감당하겠는가?"

이성계는 왕위에 오를 뜻이 없다고 사양했다. 이성계는 대신들과 몇 번이나 권하고 사양하기를 반복하다가 마지못하여 수창궁(壽昌宮)으로 들어가게 되었다. 백관들이 궁문 서쪽에서 줄을 지어 영접하고, 이성계는 걸어서 전(殿)으로 들어가 옥좌에 앉아 여러 신하들의 조하(朝賀)를 받았다.

"내가 수상이 되어서도 오히려 항상 직책을 다하지 못할까 두려워하였는데 어찌 오늘날 이런 일이 있을 것이라 생각했겠는가? 내가 만약 몸만 건강하다면 필마로도 피할 수 있지만, 마침 지금은 병에 걸려 손발을 제대로 쓸 수 없는데 이 지경에 이르렀다. 경들은 마땅히 각자가 마음과 힘을 다하여 보좌하라."

이성계는 마침내 영을 내려 고려왕조의 중앙과 지방의 대소 신료들에게 예전대로 정무를 보라는 영을 내리고 저택으로 돌아왔다.

고려는 종말을 맞이했다. 고려의 마지막 왕은 아이러니하게도 이성계였다. 이성계는 1392년 7월 17일 고려의 도읍 개경에 있는 수창궁에서 즉위했다.

이성계의 즉위는 고려의 도읍 개경을 경악시켰다. 조정에서는 이미 이성계가 왕조를 찬탈할 것이라는 소문이 파다하게 나돌았으나 하급 관리들이나 백성들에게는 청천벽력과 같은 일이었다.

이성계가 즉위하면서 고려의 국성인 왕 씨들에 대한 처분 문제가 대두됐다. 그들이 개경에 있으면 언제든지 빼앗긴 왕권을 되찾으려고 할 가능성이 있기 때문이다. 사헌부 대사헌 민개(閔開) 등이 고려왕조의 국성 왕 씨를 개경에서 추방할 것을 요청했다. 그는 고려왕조가 멸망한다고 애통해하다가 이성계가 왕이 되자, 왕 씨들을 몰아내야 한다며 이중성을 보이고 있는 것이다.

"순흥군 왕승과 그 아들 강은 나라에 공로가 있으며, 정양군 왕우와 그의 아들 조와 관은 장차 고려왕조의 제사를 받들게 할 것이니 논하지 말고, 그 나머지는 모두 강화와 거제에 나누어 두게 하라."

이성계는 왕 씨들을 강화도와 거제도로 보내라는 영을 내렸다. 부

드러운 표현과는 달리, 이는 사실상 왕 씨들을 몰살시키려는 음흉한 계책이다. 개경을 비롯하여 전국으로 군사들이 달려가 왕 씨들을 강화도와 거제도로 추방하기 시작했다. 강화도로 추방되는 왕 씨들 중에는 개경의 왕족과 귀족들이 많았다. 이성계의 혁명군은 개경 앞바다에서 왕 씨들을 태운 배가 강화도를 향해 갈 때 배 밑바닥에 구멍을 내어 가라앉혔다. 그리하여 수많은 왕 씨들이 억울하게 수장을 당해 원혼이 되어 버렸다.

고려의 대신인 신규(申珪), 조의생(曺義生), 임선미(林先味), 이경(李瓊), 맹호성(孟好誠), 천상(高天祥), 중보(徐仲輔) 등 72인은 끝까지 고려에 충성을 다하고 지조를 지키기 위해 이른바 부조현(不朝峴, 두문동)이라는 고개에서 조복을 벗어던지고 통곡을 한 뒤에 다시는 세상에 나가지 않겠다고 선언했다. 이성계는 이들을 여러 가지로 회유하였으나 그들은 끝내 두문동에서 나오지 않았다. 이때 이성계의 혁명군은 두문동을 포위하고 고려 충신 72인을 불살라 죽였다. 일설에는 동두문동과 서두문동이 있어서 동두문동에는 고려의 무신 48인이 은거하고 있었는데 이들도 모두 산을 불태울 때 타 죽었다고 한다. 이들을 두문동 72현으로 부르고, 밖으로 나가지 않는 것을 이때부터 두문불출(杜門不出)이라고 한다.

이성계는 대신들과 백성들에게 교지를 내렸다.

"왕은 이르노라. 하늘이 많은 백성을 낳아서 군장(君長)을 세워, 이를 길러 서로 살게 하고, 이를 다스려 서로 편안하게 한다. 지난 7월 16일에 도평의사사 배극렴과 대소 신료들이 간곡하게 왕위에 오르기를 권고했으나 나는 덕이 적은 사람이므로 이 책임을 능히 짊어질 수 없을까 두려워하여 사양하기를 두세 번이나 하였다. 여러 사람이 또 말하기를, '백성의 마음이 이와 같으니 하늘의 뜻이라는 것을 알 수 있습니다. 하늘의 뜻은 거스를 수가 없습니다.' 하면서, 이를 고집하기를 더욱 굳게 하므로, 나는 여러 사람의 청에 마지못하여 왕위에 올랐으니, 나라 이름은 그 전대로 고려라 하고, 의장(儀章)과 법제는 한결같이 고려의 고사에 의거하게 한다."

 교서는 정도전이 지은 것이다. 이성계가 고려의 마지막 왕이라는 것은 이 교지에서 비롯된다. 그러나 이성계는 고려의 국성인 왕 씨가 아니었고 고려를 계승할 마음도 없었다. 이성계가 나라 이름을 고려로 그대로 둔 것은 민심의 이반을 막기 위한 고도의 책략에 지나지 않았다. 게다가 그들은 명나라의 눈치도 봐야 했다.

 기이한 일이었다. 정도전이 보이지 않았다. 이성계를 왕으로 추대한 다음날부터 정도전은 모습을 드러내지 않고 있었다. 새로운 왕이 등극했으니 할 일이 많았다. 이성계를 추대한 대신들은 줄줄이 공신에 책록되고 몰락한 고려왕조의 충신들은 죽음을 당했다. 이 씨 왕조의 권력자들은 고려왕조에서 부귀를 누리다가 몰락한 관리들의 집과 재산을 빼앗기 위해 혈안이 되었다. 고려의 도읍 개경에는 무서운 피바람이 불어댔다.

 하지만 몰락하는 자가 있으면 일어서는 자도 있다. 정권이 혼란한 틈을 타서 권력을 잡으려는 자들이 정도전을 찾아 나섰다. 정도전에게 잘 보여야 높은 벼슬에 오르고 높은 벼슬에 올라야 권력을 갖게 된다.

정도전의 집으로 사람들이 몰려왔다. 수레에 비단이며 귀중한 물건들을 잔뜩 싣고 몰려온 자들도 있었다. 그러나 정도전의 집 대문은 굳게 닫힌 상태였다. 많은 사람들이 집 앞에서 진을 치고 정도전이 돌아오기만을 기다렸다. 하지만 정도전은 며칠이 지나도 집으로 돌아오지 않았고 조정에서도 그를 찾을 수 없었다.

"정도전이 재상을 맡아야 하는데 어찌 나타나지 않는 것인가?"

대신과 장군들이 조정에 모여 웅성거렸다.

"내각을 새로 짜야 하는데 정도전은 무얼 하는 것인가?"

개경은 이성계가 국왕으로 등극하면서 불온한 공기가 감돌고 있었다. 정권을 잡은 세력들 간에도 암투도 벌어졌다. 모두가 이 모든 문제를 해결해 줄 정도전을 기다렸다.

예성강이 서해로 흘러드는 강가, 벽란도. 초추(初秋, 초가을)의 양광(陽光, 따뜻한 햇빛)이 고즈넉한 강가 풀숲에서 한가하게 낚싯대를 드리우고 있는 사내가 있었다. 삿갓을 비스듬히 눌러 쓴 정도전이다. 그는 이미 며칠째 집에 들어가지 않고 하릴없이 물고기만 낚았다. 옆에는 술에 취해 잠든 길상근이 코를 골아대었다. 정도전은 바람이 갈대숲을 흔들고 지나가는 소리와 길상근의 코 고는 소리를 들으며 따사로운 볕 속으로 침잠한다.

얼마나 초추의 양광 속에서 졸았을까? 몸 뒤에서 무언가가 자신의 어깨를 어루만지는 감촉이 느껴진다. 봄 햇볕처럼 따스한 손길이다.

정도전은 흐뭇하게 미소를 짓는다. 오십 평생 자신의 어깨를 짓눌렀던 무거운 긴장감이 강물의 수면 위로 날아가는 것 같았다. 손길은 머리를 쓰다듬더니, 이제는 얼굴을 쓸어내린다. 순간, 정도전은 자신을 항상 미안한 눈빛으로 바라보던 어머니를 떠올린다. 어느새 그의 눈에서 눈물이 새어 나온다.

'어머님 상을 치를 때도 책만 읽던 못난 아들 도전이옵니다.'

손길은 그의 낮은 콧대를 타고, 인중을 지나, 가지런한 수염을 어루만지며, 목으로 내려간다. 갑자기 그의 수염에서 축축한 감촉이 느껴진다. 그가 눈을 떠 바닥을 보자 새빨간 핏물이 수염 끝에서 떨어지고 있었다. 당황스러운 마음에 그 손길을 살피자, 어느새 그 손은 뱀으로 변해 정도전의 목을 조른다. 두 마리의 뱀이 네 마리로, 네 마리의 뱀이 여덟 마리로 늘어나 그의 목을 휘감는다. 정도전은 소름이 오싹 끼쳐 눈을 번쩍 떴다.

"나리."

홍이였다. 그는 정도전이 낚시질에 몰두하고, 길상근이 술과 잠에 취했을 때, 홀로 버드나무를 상대로 무예 연습을 하고 있었다.

"응?"

정도전이 졸다가 깜짝 놀라 홍이를 돌아보았다.

"고기가 물린 듯합니다. 졸고 계셨습니까?"

"그래?"

정도전의 눈이 크게 떠졌다. 커다란 찌가 강물 위에서 까닥거리더니 물속으로 쑥 들어갔다가 솟구쳤다. 정도전이 재빨리 낚싯대를 잡아챘다. 손끝에 묵직한 감촉이 전해졌다. 큰 놈이 걸렸구나! 정도전은 손끝의 감촉으로 이를 눈치 채고 낚싯대를 들어올렸다. 그러자 낚시에 물린 물고기가 퍼덕거리면서 저항을 했다. 잘못하면 낚싯줄이 끊어진다. 정도전은 저항이 완강하면 줄을 살며시 놓고 저항이 약해지면 잡아당기기를 반복하였다. 잠에서 깬 길상근이 그와 함께 낚싯대를 잡고 마침내 번쩍 들어올렸다. 그러자 은색의 커다란 물고기가 낚싯줄에 매달려 나왔다.

"와아, 큰 놈이다!"

낚시질에 도통 관심이 없던 홍이가 박수를 치면서 더 좋아했다. 정도전은 한 뼘이 넘는 물고기를 낚시 바늘에서 빼내 길상근이 가져온 대리키에 넣었다.

"나리, 이 고기 이름이 뭔가요?"

홍이가 물고기를 만지면서 물었다.

"호호호… 불씨(佛氏)라는 놈이다."

정도전이 웃으면서 대답했다.

"그럼 나리는 불씨를 잡기 위해 낚시를 하신 것입니까?"

길상근이 눈을 비비며 물었다.

"그렇다."

"그럼 이제 불씨를 잡았으니 돌아가시지요. 벌써 닷새나 여기에 계셨습니다. 개경에서는 난리가 났을 것입니다."

홍이가 물고기를 신기한 듯 들여다보며 말했다.

"나 없다고 무슨 난리가 나겠느냐?"

"그럼요. 이제부터 어르신도 유유자적한 삶이나 사시지요."

길상근이 천연덕스럽게 너스레를 떨었다. 그러자 정도전이 손을 털고 일어섰다. 길상근은 기지개를 펴며 낚싯대를 챙기기 시작했다.

'언제까지 악몽을 꾸며 살아야 하나. 피비린내 나는 정쟁은 이제부터인데….'

정도전이 길상근을 바라보았다. 죽 한번 먹인 것을 가지고 은혜 입었다며, 몇 번이고 자신의 목숨을 구해준 은인이다.

"그래, 월악산에서의 생활은 어떠한가?"

"화적놈들 생활이야 똑같죠. 아낙네들은 농사일하고요."

"모두 몇 명이나 되는가?"

"남정네가 50여 명 되고, 아이들이랑, 아낙네, 노인네들까지 해서는 한 1백 50여 명 되겠네요."

"그래? 그렇다면 하나의 나라구나, 하하하. 자네는 그 나라의 군주고…."

길상근도 따라 웃었다. 길상근은 월악산 기슭에서 화전민들과 화적들을 모아 마을을 짓고 살았다.

정도전은 도포에서 종이로 된 문서를 꺼냈다.

"내가 조정으로부터 녹봉을 받았으나, 실제 녹봉을 내게 준 자들은 백성들이 아니겠는가? 일평생 가난이 당연한 삶이라 생각해왔던 내게, 이번에는 백성들이 너무 많은 녹봉을 줘서 처치 곤란이네. 그래서 한 나라의 군주를 맡고 있는 자네에게 이것을 돌려 줄 테니 잘 좀 관리해 주게."

정도전은 토지 문서를 길상근에게 건네주려고 했다.

"무슨 말씀이십니까? 저희는 산에서도 마음 편하게 잘 살고 있습니다."

길상근이 당황하여 손을 내저었다. 홍이가 퉁명스럽게 말하였다.

"나리, 이제 고관이 되었다고 하급 관리들에게 향응이라도 받으시려고 그러십니까?"

악의가 없는 농담이다.

"이놈아, 내가 그럴 위인으로 보이냐?"

"그럼 녹봉은 가계 살림에나 쓰셔야지, 왜 잘 살고 있는 사람한테 줍니까? 자식도 넷이나 있는 분이 말입니다."

"내가 너무 과하게 받았다고 하지 않았냐."

"그럼 이 토지가 없으셔도 세끼 식사는 제대로 할 수 있는 겁니까?"

"이놈아, 세끼 식사가 문제냐. 1식 4찬에, 매번 고기반찬도 먹을 정도다."

홍이가 그제야 헤헤거리며 웃는다.

"이제 배가 더 나오시겠습니다. 나리 배를 걱정해서라도 상근 형님이 그 녹봉을 관리해야겠습니다."

홍이의 말에 정도전이 환하게 웃었다.

"그래, 이제 이 토지를 자네 부하와 가족들에게 나눠주고, 마음 편히 무릉도원을 만들어보게나. 홍이도 지금처럼 상근이를 아버지처럼, 형처럼 의지하며 도와주고."

정도전이 만연에 미소를 지으며 말했다.

"그럼 나리, 세상을 바꾸는 일은 어찌 하실 겁니까?"
"바꿔야지. 어떤 일이 있어도 바꿔야지."
정도전이 혼잣말로 중얼거리면서 말 위에 올라탔다.

나라를 새로 세우거나 왕조가 바뀔 때는 혁신적인 조치가 필요하다. 정도전은 개경으로 들어가자 곧바로 옷을 갈아입고 이성계를 찾아갔다.
"삼봉, 며칠 동안 보이지 않더니 무엇을 하고 있었는가?"
이성계가 배극렴, 조준 등의 대신들과 술을 마시다가 정도전에게 물었다.
"전하, 낚시를 했습니다."
"하하하! 참 한가한 사람일세. 새로운 세상이 열리는데 낚시를 해? 그래, 물고기는 잡았는가?"
"불씨를 잡았습니다."
정도전의 말에 사람들이 어리둥절한 표정으로 쳐다보았다.
"전하, 새 나라는 불교의 폐해를 엄단하고 유학을 왕도로 삼아야 합니다. 고려가 부패한 원인 중의 하나가 불교에 있습니다."
정도전은 숭유억불에 의한 도학정치를 실시하자고 주장했다. 사람들의 시선이 일제히 이성계에게 쏠렸다. 이성계는 평소 불교에 깊은 관심을 갖고 있었다.
'괜한 것을 낚았구먼.'
이성계는 자신의 속마음을 감추고 술을 건넸다.

"그래, 낚시를 하면서 불씨를 잡을 생각을 하였는가?"

"신은 새 나라가 천년만년 이어지게 하기 위하여 경국의 포석을 준비했습니다."

정도전이 술잔을 공손하게 받으며 대답하였다. 주위 대신들이 조금씩 웅성거리기 시작했다. 정도전이 한동안 조정에 나오지 않고 행방을 감춘 이유는 새 나라 조선을 경영하기 위한 포석을 마련하기 위해서였다. 역시 용의주도한 인물이구나. 이성계는 상좌에 앉아서 가만히 정도전을 쏘아보았다.

"그렇다면 경국의 포석을 어찌하였는가?"

"불씨를 잡고 유학을 정학으로 삼아 나라를 예로 통치하는 것입니다."

"불씨가 모두 나쁜가?"

"고려왕조에서는 조금만 재변(災變)이 있어도 부처를 섬기고 귀신을 떠받들었습니다. 사찰은 세금도 내지 않고 거대한 농장을 소유하고 수많은 노비들을 거느리고 있습니다. 그리하여 권문세가에서도 승려가 되려는 자들이 많고 백성들은 부역을 피하기 위하여 절의 노비로 들어갑니다. 이제는 이러한 폐단을 엄금해야 합니다."

이성계는 노회한 정치가였다. 정도전이 계속 숭유억불 정책을 논의하려고 하자 손을 내저었다.

"그 일은 조정에서 논하도록 하고, 우선 시급한 사안을 먼저 의논해야 하겠네."

이성계의 말에 정도전이 의아한 표정으로 고개를 들었다.

"세자 책봉을 서둘렀으면 하는데… 어찌 생각하는가?"

"지당하신 분부이십니다."

정도전은 가슴이 철렁했으나 머리를 조아렸다. 이성계가 늙고 왕자들이 여럿 있으니 세자를 책봉하는 것은 당연한 일이다.

"경들의 보좌로 내가 천명을 얻어 새 나라를 열었으나 사직이 반석 같다고 할 수는 없네, 세자를 세워야 비로소 사직이 안정될게야."

이성계의 첫 번째 부인인 신의왕후 한 씨는 이미 유명을 달리한 뒤였고, 두 번째 부인인 신덕왕후 강 씨가 이성계의 총애를 받고 있었다. 신의왕후 한 씨는 6남 2녀를 낳았고 신덕왕후 강 씨는 2남 1녀를 출산했다.

강 씨는 비록 두 번째 부인이었으나 상당히 정치적인 여인이었다. 그녀는 고려의 권문세가인 강윤성의 딸이었다. 이성계는 동북 면에서 개경으로 진출하면서 권문세가의 힘이 필요했고 강윤성은 신흥 세력인 이성계의 힘을 원하였다. 두 사람의 정략적인 계산에 의해 강 씨는 이성계의 두 번째 부인이 된 것이다. 고려는 일부다처제였기 때문에 두 사람의 부인을 두어도 상관이 없었다.

강 씨는 이성계보다 21세나 어렸다. 그러나 그녀는 단숨에 이성계의 마음을 사로잡았다. 강 씨는 요염하고 결단력이 있었다. 그녀는 정몽주가 벽란도에 있는 이성계를 죽이려고 했을 때 이방원을 보내 위기에서 구출한 책략가이기도 했다.

만약 이방원이 세자가 된다면 책봉을 서두를 이유가 없다. 이렇게 빨리 세자를 책봉한다는 것은… 정도전이 조준의 얼굴을 바라보았다.

"전하를 왕으로 추대하는 데 가장 많은 공을 세운 왕자를 세자로 삼는 것이 바람직할 것 같습니다."

조준이 잔뜩 긴장하여 말했다. 이성계의 장남인 이방우는 위화도 회군 이후 술에 취해 살았다. 따라서 조정 대신들은 대부분 이방원이 세자에 책봉될 것이라고 생각하고 있었다.

"방번이가 어떠한가?"

이성계의 입에서 뜻밖의 이름이 흘러나왔다. 이방번은 강 씨의 첫째아들이었으나 성품이 난폭해 대신들이 경원하고 있었다.

"말씀드리기 송구하오나, 방번 왕자님은 경솔한 면이 있는 것으로 사려되옵니다."

배극렴이 정중하게 아뢰었다. 조준이 내세운 왕세자 선정의 기준이었던, 공적은 이미 논쟁에서 벗어났다. 논쟁은 이방번의 자질 문제로 전환되었다. 정도전이 입을 열려고 하자, 배극렴이 다시 말했다.

"하오면 막내아들이 어떠신지요?"

배극렴은 이성계가 강 씨를 총애한다는 사실을 알고 말했다. 이성계가 기다렸다는 듯이 고개를 끄덕였다. 애초부터 이성계는 강 씨의 둘째아들, 젖먹이 이방석을 원했던 것이다.

정도전은 이성계의 얼굴을 쳐다보았다.

이성계도 마침 고개를 돌려 정도전을 쳐다보고 있었다. 두 사람의 눈빛이 허공에서 부딪쳤다.

'이것이 전하의 의도인가?'

정도전의 얼굴이 굳어졌다. 그는 비로소 이성계가 무엇을 원하는지 파악할 수 있었다.

"전하, 방석 왕자는 아직 어리고… 방원 왕자는 나라를 세우는 데 큰 공이 있을 뿐 아니라 문무에 뛰어나…."

정도전이 조심스럽게 이방원을 천거했다.

"방석은 어리나 성품이 착하다."

"방원 왕자님은 나라를 세우는 데 큰 공을 세우셨습니다."

"세자를 책봉하는 것은 나라의 일이기도 하지만 내 집안의 일이기도 하다. 나는 방석을 세자로 책봉할 것이니 더는 말하지 말라."

이성계는 불쾌한 표정으로 정도전을 쏘아보았다. 방석의 세자 책봉을 거부하면, 정도전의 억불숭유 정책도 허사가 되어 버린다. 정도전은 머리를 조아리며 어떠한 대답도 하지 않았다.

이성계는 왕으로 즉위하고 한 달이 되자, 왕세자로 방석을 세웠다. 민심을 잃은 불교를 배척하고 유학을 통치의 근간으로 삼는 정도전의 억불숭유 정책 역시 즉각 조정으로 하달되었다.

"불씨의 도는 마땅히 청정과욕(淸淨寡慾)으로 종지(宗旨)를 삼아야 할 터인데 오늘날 절의 주지들이 재물을 모으는 데 급급하고 여색까지 범하면서도 뻔뻔스럽게 부끄러운 것을 알지 못한다. 죽은 뒤에는 그 제자라는 자들이 사찰의 노비를 법손(法孫)이 서로 전하는 것이라 하여 소송하는 일까지 있다. 지금 새 나라를 건설하니 이 폐단을 고치지 않을 수 없다. 도성 안에서는 헌부(憲府)가 외방에서는 감사(監司)가 사사(寺社)의 간각(間閣), 노비, 전지(田地)와 대소 승인(僧人), 법손 노비(法孫奴婢)의 수를 조사하여 보고하라."

정도전의 영이 내리자 조정 대신들이 일제히 환영했다. 조선 건국

초기 대신들이 대부분 유학자로 이루어져 있었기 때문에 각 관서가 일제히 불교에 대한 탄압을 시작했다. 도성 안에 있던 사찰을 헐고 사찰의 노비들을 관청의 노비로 소속시켰다. 사찰이 소유하고 있는 땅도 관청의 소속으로 바뀌었다. 조선의 대신들은 부녀자들이 절에 출입하는 것도 금지시켰다.

그러나 이성계는 이에 전혀 개의치 않고, 무학대사를 왕사(王師)로 모셨다. 결국 정도전의 억불숭유 정책은 무학대사로 인해 벽에 부딪혔다. 한번은 양광도 안렴사 조박과 경상도 안렴사 심효생(沈孝生)이 상복(喪服)을 입은 사람이 절에 가서 부처에게 기도하는 것을 금지시키자 무학대사가 이를 이성계에게 고했다.

"이색은 세상에서 큰 유학자가 되었으나 부처를 숭상했다. 이 무리들은 무슨 글을 읽었기에 부처를 배척하는 것이 이와 같이 심한가?"

이성계가 조박과 심효생을 질책했다. 이성계는 이에 그치지 않고 대궐에 중들을 불러 경을 외게 하고 기도를 하게 했다. 정도전의 억불숭유 정책에 노골적으로 반기를 든 것이다. 대궐 안에 목탁을 두드리는 소리와 불경을 외는 소리가 가득했다.

"신 등은 전하께서 갑사로 하여금 대궐 뜰에서 불경을 외게 하고, 종소리와 북소리가 저자까지 들리오니 궁중의 호위를 엄하게 하는 바가 아니라고 생각합니다. 부처가 비록 영험이 있다고 해도 어찌 이들이 경을 외는 데에 감동하겠습니까? 전하께서는 즉시 이것을 중지하십시오."

정도전은 사헌부를 통해 상소를 올렸다. 지중추원사(知中樞院事) 이지(李至)도 상소를 올려 이성계를 압박했다.

"불교는 마땅히 배척해야 합니다. 그 도(道)는 인륜을 끊고 세상 밖에 몸을 두고는 허무, 괴탄(怪誕)의 설(說)로써 사람들의 이목을 속여서 혹은 가람(伽藍)이라 일컫기도 하고, 혹은 비보사찰(裨補寺刹)이라 일컫기도 하여, 온갖 방법으로 사찰을 건축하고 있습니다. 승려의 무리가 숲처럼 많아서 하는 일 없이 백성의 힘에 먹게 되고, 도성과 지방에 마음대로 다니면서 어리석은 백성을 속이고 심할 때는 위협하여 따르게 합니다. 원컨대 불교를 금하게 하며, 혹은 내탕(內帑, 대궐에서 쓰는 돈)으로써 절에 뇌물을 바치고, 혹은 내전에서 기도하여 재앙을 물리치게 하는 등의 일도 모두 금지시키십시오. 재상, 사대부, 환관의 무리들도 감히 사찰을 건축하자고 주장하면 엄중히 징계하여 내쫓아야 할 것입니다."

하지만 이성계는 정도전의 억불숭유 정책에도 아랑곳하지 않고 불교를 믿었다. 자신의 생일에는 시좌궁(時坐宮)에서 중 2백 명을 불러 불경을 외게 하고 왕사(王師)인 무학대사를 청하여 선(禪)을 설법하게 했다. 정도전이 아직도 이방석의 세자 책봉을 반대하고 있었기 때문이다.

이색은 이숭인의 품에 안겨 한참을 울었다. 스승의 눈물 앞에서 이숭인의 가슴은 천조각만조각으로 찢어지는 것 같았다. 며칠 전 이색의 둘째아들 이종학이 곤장을 맞고 죽었다. 정몽주의 죽음 이후, 한동안 자리에서 일어나지 못했던 이색은 이제 실어증에 걸린 것마냥 아무런 말도 하지 않고 살았다. 하지만 이숭인이 찾아오자 그동안 참아왔던 눈물을 한참 동안 흘리면서 통곡했다.

"한동안 마음이 차가워져 재가 되었는데, 너를 보니 다시 마음이 동요되는구나. 그래도 오늘은 내 가슴이 조금 후련하다."

이색의 노안에 아직도 눈물이 그렁거렸다.

"세상의 권세는 부질없는 것이 아니겠습니까? 달가 형님이 몹시 그립습니다."

이숭인이 쓸쓸하게 말했다. 그들은 한가롭게 떠 있는 구름을 우두커니 바라보았다.

"작별인사를 하러 온 것이냐?"

"이제 하륜과 저만 남았습니다."

이숭인의 마음속에서는 이미 정도전이 배제된 상태였다.

"하륜은 좀처럼 속내를 드러내지 않는 성품이다. 게다가 가슴속 깊은 곳에 칼을 하나 갖고 있지. 그러나 내가 걱정하는 것은 어른이 되어도 그저 착하기만 한 너다."

이색이 쓸쓸한 눈빛으로 이숭인을 응시했다. 이숭인은 스승의 말에 가슴이 터질 것 같았다. 스승은 내가 찾아온 까닭을 알고 있는 것인가. 이것이 마지막 작별인사를 하기 위한 방문이라는 것을 눈치 챈 것인가.

"저는 시나 읊고 책이나 읽으면서 한 세상 보내고 싶었습니다. 하지만 세상은 그렇지 않은 것 같습니다."

이숭인은 눈물이 흐를 것 같아 재빨리 고개를 숙이며 말하였다.

"세상이 무섭게 변하고 있다. 삼봉으로서도 어쩔 수 없을 것이다."

"삼봉 형님을 원망하지는 않습니다."

"나도 그를 원망할 수 없을 것 같구나. 비록 다른 길을 가더라도 뜻이 크니 막을 수 없지."

이색이 공허한 눈빛으로 하늘을 쳐다보았다.

"스승님."

이숭인의 목소리가 가늘게 떨렸다.

"어서 가거라."

"그럼 다시 뵙겠습니다."

이숭인은 울먹이는 목소리로 말을 하고 공손하게 절을 올렸다. '내세에서'라는 말을 입속으로 삼키고 올린 인사였다. 이색은 그의 말을 알아들었을 것이다. 이숭인은 스승의 얼굴을 가슴속에 새기려는 듯 한동안 바라보다가 몸을 돌렸다.

이색은 눈물을 삼키면서 이숭인이 점점 멀어져가는 뒷모습을 응시했다. 이숭인은 일부러 그러는 듯 가파른 산길을 성큼성큼 떼어놓고 있었다.

전라도 판군기감사 황거정은 깎아지른 단애로 천천히 걸음을 떼어놓았다. 정자가 우뚝 서 있는 단애에서 이숭인이 이미 그를 기다리고 있었다. 스승을 만나고 오겠다고 하더니 약속을 지키는구나. 흰옷을 입고 문서건을 쓰고 있는 이숭인은 탈속한 선비이자, 불교에 귀의(歸依)한 자였다.

"소식은 들었소이다. 밀양에 유명한 맹인 점쟁이에게 몇몇의 선비들이 왕 씨의 운명을 점쳤다지요."

이숭인은 나무 사이에서 고개도 돌리지 않은 채 물었다. 조금씩 가을바람이 불어오는 듯했다.

"이미 알고 계셨군요. 그 점쟁이는 이흥무라는 자였습니다. 불경스럽게도 전하와 왕 씨 성을 가진 자들의 운세를 비교했다고 합니다."

"역적이군요."

"대감의 이름도 거론되었습니다."

황거정의 말투가 싸늘했다.

"내가 그자에게 운세를 물어보라고 청했다는 말씀이십니까?"

"그것뿐이 아닙니다."

"또 무슨 죄가 있소?"

"재물을 탐했다는 간관들의 탄핵이 있었습니다."

"내가 재물을 탐해?"

이숭인은 어이가 없다는 듯이 공허하게 웃었다.

"같이 가주셔야겠습니다. 진상은 사헌부에서 철저하게 조사할 예정입니다."

황거정이 부하들에게 눈짓을 하여 이숭인을 나주부 관아로 끌고 갔다. 간관들은 이때 국초의 기운을 일신하기 위해 부패한 관리들을 탄핵하여 모두 12명을 체포했다. 태조 이성계는 나라를 새로 세웠으니 용서하는 은혜를 베풀어 곤장 1백 대를 때린 뒤에 석방하라는 영을 내렸다.

"이숭인이 곤장을 맞고도 죽지 않으면 교살하라."

남은이 황거정과 손흥종에게 영을 내렸다. 손흥종은 이색의 아들 이종학에게 1백 대의 곤장을 때리게 한 뒤에 숨이 끊어지지 않자 교살하여 살해한 인물이다.

황거정은 이숭인을 형틀에 묶어 놓고 곤장을 때리기 전에 손수 장목(杖木)을 살폈다.

"형을 집행할 때 사정을 두지 말고 허리를 치라."

나주 호장 정철이 황거정의 영을 받자 슬며시 미소를 지었다. 이에 정철이 형리들을 시켜 이숭인의 허리에 곤장 1백 대를 때렸다. 이숭인은 처절한 비명을 지르다가 혼절했다. 그가 혼절한 뒤에도 형리들이 곤장을 멈추지 않고 사정없이 내리쳐서 형틀 아래로 피가 낭자하게 흘러내렸다.

이숭인은 곤장 1백 대를 맞은 뒤에 순천부로 보내지던 길바닥에서 숨이 끊어졌다.

"형님, 형님이 저에게 이런 벌을 내린 것이라고는 믿고 싶지 않습니다."

이숭인은 절명하기 전에 정도전의 얼굴을 떠올리면서 울었다.

十五 · 생사의 간격

정도전은 악몽에 시달린다.
점차 자신의 신념에 회의가 들기도 한다.
하지만 돌아올 수 없는 강을 건넌 사내에게, 남은 건 정면대결뿐이다.

비몽사몽 중이었다. 밖에서는 가을비가 추적추적 내리고 있었는데 어디선가 남자가 흐느껴 우는 듯한 소리가 들렸다. 이 밤중에 누가 저렇게 슬피 우는 것일까. 그 소리가 너무나 가슴을 쥐어짜는 것처럼 애절하여 정도전은 선뜻 눈을 떴다. 여기는 어디일까. 내가 꿈을 꾸고 있는 것이 아닐까. 정도전이 그런 생각을 하고 있는데 이숭인이 흰 옷자락을 표표히 날리며 나룻배에 서 있었다. 그러고 보니 언젠가 홍이를 데리고 낚시를 하던 예성강 하구였다.

　"형님."

　이숭인이 손을 흔들며 반갑게 웃었다.

　"도은, 여기는 어디인가?"

　"여기는 제 꿈속입니다."

　"자네 꿈속이라고? 그럼 내가 자네 꿈속에 있다는 말인가?"

　"예. 형님이 제 꿈속에 있습니다. 형님은 제 꿈을 알고 있지 않습니까? 복잡하고 골치 아픈 정치나 권력 따위 다 버리고 형님들 모시고 무릉도원에서 시 읊고 술 마시는 제 꿈 말입니다."

"참 팔자도 좋은 소리 하네."

정도전은 어이가 없어서 소리를 내어 웃었다.

"달가 형님도 계시고 스승님도 계십니다. 형님께서도 어서 이리 오십시오."

이숭인이 넓은 소맷자락을 펼치자 갑자기 무릉도원이 눈앞에 펼쳐졌다. 때는 봄이었고 강가에는 수양버들이 휘휘 늘어져 절경을 이룬 가운데 장원에 도화꽃이 만개했다. 정몽주와 이숭인이 도원의 정자에서 꽃 같은 기생들까지 불러놓고 술을 마시고 있었다. 아아, 태평성대구나. 정도전은 기화이초가 만발하고 정몽주와 이색이 있는 도원으로 가기 위해 이숭인의 나룻배에 올라탔다.

"가시면 안 됩니다."

그때 부인 최 씨가 그의 옷깃을 잡았다.

"왜 이러시오? 벗들과 술을 나누고 오겠소."

정도전은 최 씨의 만류를 뿌리치고 정자를 향해 노를 저어 갔다.

'아….'

강 건너편으로 가까이 노를 저어 가자 정몽주와 이색이 환하게 웃으면서 그를 맞이했다. 그런데 자세히 보자 그들은 눈이 우묵하게 들어가고 얼굴이 진흙으로 변해 있었다. 정도전은 소스라치게 놀라서 잠에서 깨어났다. 머리맡이 서늘하고 등줄기가 땀으로 축축하게 젖어 있었다.

'꿈이 생시처럼 뚜렷하구나.'

정도전은 긴 한숨을 쉬며 천장을 바라보았다. 사방이 칠흑처럼 어두운 가운데 추적대는 빗소리가 방 안을 소연하게 했다.

"달가 형님… 도은…."

정도전은 정몽주와 이숭인의 죽음을 생각하자 가슴속으로 찬비가 내리는 듯한 기분이었다. 정몽주는 이방원에게 격살되었고 이숭인은 황거정에게 죽음을 당했다.

'새 세상을 열기 위해서 어쩔 수 없었어.'

그들을 죽이지 않으면 고려를 무너트릴 수 없었고, 새 나라 조선을 안정시킬 수 없었다. 그들은 고려의 사직에 충성을 바치기 위해 조선의 건국을 반대했다.

'그들은 그들의 길을 가고 나는 나의 길을 가는 것이다.'

정도전은 어둠 속에서 정몽주와 이숭인의 얼굴을 떠올리고 무겁게 한숨을 내쉬었다. 오늘따라 문 밖에서 내리는 빗소리가 유난히 처량하게 들렸다.

방 안에 무거운 침묵이 감돌았다. 이성계를 닮아 푸른 서슬이 감돌고 있는 이방원의 눈빛이 조준을 잡아먹을 듯이 노려보고 있었다. 조준은 심장이 얼어 붙는 듯한 위압감을 느꼈다.

"대감, 배 시중의 병환이 심상치 않다는 소문이 있던데, 사실이오?"

이방원의 낮은 목소리에 날이 서려 있었다. 이성계의 왕위 즉위와 세자 책봉에 많은 영향력을 행사했던 좌시중 배극렴이 갑자기 병으로 앓아누워 있다는 말이 들렸기 때문이다. 배극렴은 이성계의 입장을 충실하게 대변하던 인물이다.

"얼마 전 맹약식이 끝나고부터 몸에 이상 증세가 왔다고 합니다."

조준은 슬그머니 이방원의 시선을 외면했다.

"정도전이 몸도 불편한 배 시중을 끌고 굳이 맹약식을 할 필요는 없었습니다. 설마 우리 왕자들과 개국공신들이 전하를 앞에 두고 분란이라도 일으킬 것이라고 생각하는 것입니까?"

이방원의 말투는 확연히 정도전을 비난하고 있었다. 조준은 이방원과 정도전이 완전히 결별했다는 사실을 절감했다. 이제 두 사람은 서로를 죽이려고 혈안이 될 것이다.

개국 후, 정도전은 왕세자와 왕자들, 그리고 개국공신들을 모아 놓고 태조 이성계에 대한 충성의 맹약을 단행하였다. 이는 개국 이후의 정권 안정을 도모하기 위한 정도전의 주장이었다.

"일개 지방 호족 출신이었던 왕건은 고려를 세운 후 권력을 안정시키기 위해 28명의 호족 가문과 혼인을 단행했습니다. 하지만 이후 외척 가문들이 막강한 세력을 형성하고 반란을 주도하여 고려 왕실의 위협이 되었습니다. 고려 초기의 역사를 귀감으로 삼아 우리는 이런 실수를 되풀이해서는 아니 될 것입니다. 그렇기 때문에 왕자님들과 저희 공신들이 사심을 버리고, 개국의 당위성을 선언하는 맹약식이 필요했던 것입니다."

조준은 정도전을 위해 변명했다.

"과연 맹약식이 소용이 있겠소?"

"국초라 어지러우니 전하를 중심으로 똘똘 뭉치자는 이야기에 지나지 않습니다."

"대감께서는 정도전을 대변하십니까?"

이방원이 입언저리에 조소를 매달았다. 조준은 공연히 뒷덜미가 땅기는 듯한 기분이 들었다. 이방원이 사람들을 모으고 있는 것은 여러 사람을 통해서 듣고 있었다.

"배 시중이 죽으면 후임은 대감이 되겠군요."

"지금 앉아 있는 자리도 저에게는 과분합니다."

"시중에는 관심이 없으십니까?"

이방원이 노골적으로 물었다.

"핫핫핫! 전하께서 계신데 어찌 그런 말씀을 하십니까?"

조준은 집요하게 물고 늘어지는 이방원의 눈빛을 밀어냈다.

"대감께서 정도전의 지음이 아닙니까?"

"잘못 아셨습니다. 정도전의 지음은 전하이십니다."

잠시 어색한 침묵이 흘렀다. 이방원은 무엇을 생각하는지 입을 꾹 다물고 있었다.

"나는 적과 동지를 확실히 하는 사람입니다. 사람들이 정몽주를 격살한 일로 나를 비난하지만 나는 추호도 후회하지 않소."

"부득이한 일이었습니다."

"앞으로 그런 일이 내 앞에 닥친다고 해도 주저 없이 칼을 뽑을 것이오."

이방원의 말은 자신을 방해하면 누구든지 가차 없이 죽여 버리겠다는 위협이었다.

조선의 사대부들은 명나라가 개국할 때부터 친명 정책을 실시했다. 오랫동안 원나라의 지배를 받았기 때문에 명나라가 일어나 중국을 통일한 뒤에도 강대국에 대한 두려움을 갖고 있었다. 그러나 조선 초기의 조정 대신들은 홍건적과 왜구와 전쟁을 벌인 무인들이 많았다. 그들은 명나라가 조선에 무리한 요구만 하지 않는다면 굳이 대립할 필요가 없다고 생각했다. 조선은 이성계가 즉위하면서 국호를 새로 정해 주고 조선의 임금으로 책봉해 줄 것을 요구했다.

명나라는 원나라를 몰아내고 일어난 나라이다. 조선은 고려를 멸망시키고 세워진 나라였다. 원나라는 초원으로 쫓겨 갔으나 고려의 왕들, 우왕과 창왕은 이성계에게 시해되었다. 명나라에서는 두 왕을 시해한 이성계를 정권 찬탈자로 보았다. 그러나 이성계를 인정하지 않으면 조선은 사대(事大)를 하지 않을 것이고, 자칫하면 전쟁이 일어날 염려도 있었다. 명나라는 조선과 이성계를 억지로 인정했으나 이성계에 대한 감정은 좋지 않았던 것이다.

"명과의 관계를 어찌하는 것이 좋겠는가?"

이성계는 몸이 비대한 정도전을 살피면서 물었다. 나라를 세우고 임금이 되었어도 걱정거리는 그치지 않았다. 그들은 대궐에 있는 격구장에서 격구를 하면서 환담을 나누는 중이다.

"표면적인 사대를 해야 합니다."

정도전이 이성계를 넌지시 바라보았다.

"사대는 이미 하고 있지 않은가?"

"우리가 굽실거리는 시늉만 하면 명나라도 대책이 없을 것입니다."

정도전이 차분하게 대답하면서 곤봉을 휘둘렀다. 공은 데굴데굴 굴러 구멍 안으로 들어갔다.

"2점이구려. 하하하. 삼봉이 보기보다는 격구를 잘하는구먼."

이성계가 호탕하게 웃음을 터트렸다. 정도전은 어린 날 장치기라고 불렀던, 격구를 하고 있었다.

"망극하옵니다."

"삼봉이 과인이라면 어떠한 결정을 내리겠는가?"

이성계는 대부분의 국가 정책을 정도전과 상의했다. 정도전의 머릿속에는 언제나 10년 앞, 1백 년 앞을 내다보는 국가 대계가 그려져 있었다. 이성계가 친 공 또한 구멍 안으로 빨려 들어갔다.

"신은 요동을 경략할 것입니다. 그리고 이를 통해 사병을 혁파하여 조정을 안정시킬 것입니다."

"지금은 그들의 땅이지 않은가?"

"영토는 언제나 바뀌는 것입니다. 기회가 오면 우리 선조들의 땅 요동을 수복해야 합니다."

정도전은 흡사 아득한 요동 벌판을 바라보기라도 하듯이 북쪽으로 시선을 던졌다. 고조선, 부여, 고구려, 발해… 선인들이 말을 달리던 모습이 주마등처럼 뇌리를 스쳐왔다.

"삼봉이 함주에서도 그런 말을 했지. 그때 나는 삼봉이 위대한 인물이라고 생각했네."

"전하께서는 신을 경략하는 분입니다."

"삼봉."

"예, 전하."

"우리는 군신 관계를 떠나 오랫동안 우정을 나누어 왔네. 그대의 꿈이 나의 꿈… 나 송헌거사(松軒居士)는 요동 정벌의 대업을 그대에게 일임하겠네."

이성계가 굳은 표정으로 정도전에게 말했다.

"군사를 일으키는 것은 10년 혹은 20년이 걸리는 일입니다. 장기적인 대책을 세워야 합니다."

"옳은 말이야. 삼봉이 조선의 모든 군사를 맡아주시게."

이성계가 격구를 멈추며 말했다.

요동 정벌.

그것은 정도전이 어린 시절부터 꿈꾸어 온 또 하나의 대업이었다.

"나 송헌거사가 말 타고 요동 벌판을 달릴 날을 기다리겠네."

이성계가 호탕하게 웃음을 터트렸다. 이성계는 군주가 된 후에도 정도전과 함께 있을 때면 으레 문인들처럼 자신의 호를 사용하는 것을 좋아했다. 정도전이 동북 면을 순찰할 때 날씨가 차갑자, 그에게 보낸 편지에서도 정도전에 대한 애정이 잘 나타나 있다.

"서로 작별한 지가 여러 날이 되니 생각하는 바가 매우 깊다. 신중추(辛中樞)를 보내어 가서 행역(行役)을 묻고자 하였더니, 최긍(崔兢)이 마침 와서 동지(動止)를 갖추 알게 되니 조금 위로가 되고 안심이 된다. 이에 저고리 한 벌로써 바람과 이슬을 막게 하는 것이니 기쁘게 받아주면 좋겠다. 이 참찬과 이 절제사에게도 함께 저고리 한 벌씩을 부치는 바이니 내가 그대들을 사랑하는 뜻을 말하여 주기 바란다. 나머지는 신중추의 구전(口傳)에 있다. 춘한(春寒)에 때를 순(順)히 하여 스스로 보전해서 변방의 공(功)을 마치라. 두루 갖추지 못한다. 송헌 거사는 쓴다."

이성계와 정도전은 격구를 멈추고 경회루 쪽으로 느릿느릿 걸었다.

"국호는 무엇으로 정하는 것이 좋겠는가?"

"신은 조선(朝鮮)으로 짓기를 청합니다. 아침 조(朝) 자, 고울 선(鮮) 자를 써서 조선이라고 합니다. 또 아침 조는 처음이라는 뜻이 있고 고울 선은 깨끗하다는 뜻이 있으니 아름다운 새 나라가 될 것입니다."

이성계가 흐뭇하게 미소를 지으면서 고개를 끄덕거렸다.

"요동을 지배했던 나라, 조선을 의미하는 것인가? 하하하. 단군은 우리의 조상이고, 기자는 중국의 조상이라 하니… 명 황제가 고뇌하겠군."

중국의 은나라 시기에 기자(箕子)가 조선에 와서 단군조선에 이어 새 나라를 건국했다고 전해지는 나라가 기자조선이다. 어찌 보면 우리의 시조인 단군을 부정하는 입장일 수도 있다. 우리의 시조를 단군으로 보느냐, 아니면 기자로 보는 것인지에 대한 논쟁은 역사의 뿌리에 대한 첨예한 논쟁이 아닐 수 없다.

"전하의 고향인 '화령(和寧)'이라는 국호와 '조선'이라는 국호 두 개를 같이 보내십시오. 판단은 주원장이 알아서 할 것입니다."

"가하다. 삼봉과 격구를 하면 항상 내 기분이 좋아지는 것 같네."

"망극하오나, 신이 요즘 악장에 심취해 있습니다. 곧 전하께 찬진할 수 있을 것 같습니다."

이성계의 웃음소리가 더욱 커졌다.

"악장까지? 하하하. 삼봉은 하늘이 주신 인재로군. 삼봉이 아니면 내가 어찌 이 자리에 있겠는가."

이성계가 유쾌하게 웃음을 터트렸다. 이성계와 정도전은 경회루에서 점심을 마치고 헤어졌다.

이성계는 명나라에 사신을 보내 국호를 정해 달라는 청을 정중하게 올렸다.

"국호는 '조선'의 칭호가 가장 아름답고, 또 이것이 전래한 지가 오래되었으니, 그 명칭을 따를 것이며, 하늘을 본받아 백성을 다스려서 후사를 영구히 번성하게 하라."

명나라 황제인 주원장은 국호를 조선으로 정하여 보냈다. 이성계는 크게 기뻐하면서 조선으로 개국한다는 교지를 반포했다.

1393년 2월 15일의 일이었다. 그러므로 사실상의 조선 개국은 1393년이 되는 것이다.

정도전은 같은 해 7월 〈몽금척夢金尺〉, 〈문덕곡文德曲〉 등의 악장을 지어 이성계에게 바쳤다.

위화도 회군 이후, 이성계의 첫째아들 이방우는 매일같이 술에 취해 살았다. 정상적인 정치 구도였다면 장자(長子)이니 세자가 되어야 할 인물이었다. 그는 개경 시장 바닥을 전전하면서 술로 세월을 보냈다.

"몸은 괜찮으신 겁니까? 형님."

하루는 이방원이 술집에서 쓰러져 뒹구는 이방우를 찾아왔다.

"누구냐? 방원이냐?"

이방우가 취해서 몽롱한 눈으로 이방원을 바라보았다. 이방우는 아버지 곁을 자진해서 떠난 사람이다.

"예. 방원입니다."

"무슨 일이냐? 네가 어찌하여 이 술 주정뱅이를 찾아왔느냐?"

이방우가 비틀대면서 일어나 앉았다. 그의 몸에서 술냄새가 역하게 풍겼다.

"그저 형님을 한번 뵙고 싶었습니다."

"방석이가 세자가 됐다는 이야기는 들었다. 그래, 너의 뜻대로 된 것이냐?"

"전하의 뜻입니다."

이방원은 분노를 가라앉히며 이방우를 쏘아보았다.

"아버지가 아니라 전하구나."

"우리 형제는 아버지에게 버림받았습니다."

이방원이 그동안 감춰왔던 처연한 눈빛을 보이며 말했다.

"아버지가 아들을 버렸으니 아들도 아버지를 버릴 수 있다는 말이냐?"

이방우는 몽롱하게 취한 상태에서 이방원을 비꼬았다. 이방원이 가련하다는 듯이 이방우를 바라보며 혀를 찼다.

"그만 물러가겠습니다."

이방원이 고개를 숙여 보이고 술집을 나갔다. 그것이 형제간의 마지막 만남이었다. 이방우는 1393년, 12월에 사망했다.

　개경에 있는 연경궁의 정전이다. 문무백관이 입시한 가운데 천도 문제를 논의하고 있었다. 하륜은 고개를 들어 정도전을 똑바로 바라보았다.
　"새 술은 새 부대에 담아야 합니다. 도읍을 새로 정하여 흩어진 민심을 한 곳으로 모으소서."
　정도전이 아뢰었다. 정도전은 수도의 후보지로 공주 계룡산을 천거하고 무학대사는 무악(毋岳, 한양)을 지목했다. 태조 이성계는 자신이 직접 계룡산과 무악을 돌아보았다.
　"경은 계룡산을 천거하고 무학대사는 한양을 새 도읍지로 천거했네. 나는 한양으로 결정하고자 하는데 경의 생각은 어떠한가?"
　이성계가 정도전에게 물었다.
　"한양 또한 새 나라의 도읍으로 손색이 없습니다."
　"허면 한양에 새 도읍을 건설하라."
　이성계는 조선의 도읍을 한양으로 결정했다. 정도전은 도읍 건설의 총지휘를 맡았다. 먼저 동궐도(東闕圖, 대궐)와 관청과 민가가 들어설 설계도를 준비했다.
　조선이 천도할 때까지만 해도 한양은 한낱 넓은 평야지대에 지나지 않았다. 그러나 조선이 개국하고 천도를 하게 되자 대궐을 짓고, 도로를 내고, 조정의 수많은 관청을 건축하는 대역사가 벌어졌다. 물론 한양으로 천도하는 일은 조정 대신들의 많은 반대가 잇따랐다. 조정의 대신들은 대부분 개경에 집과 땅을 가지고 있어서 새로운 땅으로 이주하는 것을 원하지 않았던 것이다. 그러나 태조 이성계는 조선을 건국한 이상, 지기(地氣)가 쇠하였다는 개경에 계속 머물러 있을 수 없었다.

천도는 처음에 무악과 계룡산 두 곳이 풍수지리가들에 의해 검토되어 계룡산에서는 이미 대대적인 역사가 이루어졌었다. 그러나 대신들이 계룡산이 지나치게 남쪽에 치우쳐 있다고 반대하였다. 결국 하륜과 무학대사의 건의를 받아들여 1394년(태조 3), 한양으로 천도하게 되었다.

무악은 고려 때에 남경으로 불리면서 이궁(離宮)이 있었다. 그러나 오랫동안 돌보지 않아 폐허가 되어 버렸다. 정도전은 이궁 터에 새로운 대궐 경복궁을 건축하고 많은 전각을 배치했다. 좌묘우사(左廟右社)의 풍수지리 원칙에 의해 종묘를 왼쪽에 건축하고 오른쪽에 사직을 배치하고 대궐 남쪽으로 대로(지금의 세종로)를 만들어 양쪽에 육조와 중추부, 사헌부 등 주요 관청이 들어서게 했다. 이렇듯 한양의 국도 건설은 치밀한 계획 하에 이루어졌다. 대궐과 관청을 건축하면서 도읍을 보호하기 위한 성곽도 축조되었다. 건물의 건축과 도성의 축조로 수만 명의 백성들이 동원되고 물자가 공급되었다.

"고려왕조의 말기에 요역이 실로 많았으므로 백성들이 이를 매우 고통스럽게 여기었다. 내가 즉위한 이래로 백성들이 편안하게 모여서 휴식하게 하려고 생각하였다. 그러나 성이란 것은 국가의 울타리로서 난폭한 적을 막고 백성을 보호하는 장소이니, 방비하지 않을 수가 없다. 그런 까닭으로 지난해 가을에 지방 백성들을 징발하여 도성을 수축하게 했는데, 부역을 치르러 나온 뒤에 혹은 나무와 돌을 운반하거나, 혹은 질병으로 인하여 목숨이 끊어진 사람이 있었으니, 내가 매우 민망하게 여긴다. 도평의사사에게 명하여 소재관으로 하여금 3년 동안 그 집의 호역(戶役)을 면제해 주고 이름을 갖추어 아뢰게 하라."

태조 이성계가 내린 영이다.

한양 도읍 공사에는 전국의 백성들이 동원되어 공사가 계속되었으나 그로 인해 죽는 사람들도 많았다. 정도전은 도성 수축 공사로 죽은 사람들에게 3년 동안 세금을 면제해 주는 혜택을 베풀었다.

이성계는 한양 천도를 서둘렀다. 고려의 잔영이 남아 있는 개경에 한시도 남아 있고 싶지 않은 것이 이성계의 마음이었다. 그는 한양에 궁궐을 짓기 시작한 지 불과 1년 만에 천도를 단행했다. 궁궐 공사가 한창 진행 중이었으나 천도를 하여 우선 행재소에 머물렀다.

정도전은 한양 건설에 총력을 기울였다. 그가 공사를 지휘하느라 여념이 없을 때 이성계가 왕자들을 거느리고 순시를 왔다.

대궐은 한여름인데도 공사가 한창 진행 중이었다. 곳곳에 궁궐과 전각이 세워지고 담장이 만들어지고 있다. 정도전은 이성계를 수행하면서 땀을 흥건히 흘렸다. 비가 그치고 나자 폭염이 시작되었다.

"이 궁궐의 이름을 무엇으로 짓는 것이 좋겠소?"

이성계가 경복궁 앞에서 걸음을 멈추고 정도전에게 물었다.

"《시경》 대아(大雅)와 소아(小雅)에서, '술대접 받아 실컷 취하고 또 많은 은덕을 입었으니 군자께서 만년 장수하시고 큰 복(景福) 받으시기를' 이라는 시구를 인용하여, 새 궁전의 이름을 경복궁(景福宮)이라

하고자 합니다."

정도전이 머리를 조아리고 아뢰었다. 정도전은 새 궁궐의 이름을 큰 복을 받으라는 뜻의 '경복궁'이라 지은 것이다.

"과연 좋은 이름이야. 조선이 천년 대업을 이었으니 큰 복을 받아야지."

이성계는 만족하여 새 대궐의 이름을 경복궁으로 결정했다. 대궐의 공사는 수만 명의 군사들과 백성들이 동원되었다. 거리 곳곳을 정비하고 대궐의 각 전각을 짓기 시작했다. 한양 곳곳에서 대역사가 벌어졌다.

"정전(政殿)의 이름은 무엇으로 할 것인가?"

이성계가 한창 공사가 진행 중인 경복궁으로 들어서자 웅장하게 건축되고 있는 정전을 보면서 물었다.

"성인들께서 말씀하시기를, '아침에는 정사를 처리하고, 낮에는 어진 이를 방문하고, 저녁에는 조령(朝令)을 만들고, 밤에는 몸을 편히 쉰다.'고 했는데 이것이 인군의 부지런함을 일컫는 것입니다. 또 이르기를, '어진 이를 구하는 데는 부지런하고, 어진 이를 임명하는 데는 빨라야 한다.'고 하였습니다. 그래서 신이 근정전(勤政殿)으로 지었으면 합니다."

이성계가 정도전의 의도를 알아챘을까. 근정전이라는 이름은 임금이라도 부지런히 일을 해야 한다는 뜻이다. 이성계를 수행하고 있는 왕자 이방원이 정도전을 차가운 눈빛으로 쏘아보았다. 이방석이 세자로 책봉되면서 그의 눈빛에서 항상 피 냄새가 풍기는 것 같았다.

"맞다. 요순이 그와 같이 했다."

이성계가 흡족한 듯이 웃었다.

"천하의 일이 부지런하면 잘 다스려지고, 게으르면 황폐해지는 것입니다."

정도전이 희미하게 웃으면서 말했다.

"임금은 국가에 환란이 없을 때 경계하여 법도를 잃지 말아야 하고 안일과 욕심으로 경영에 실패해서는 안 되니 항상 삼가고 두려워해야 합니다. 국가를 경영하는 일은 하루 이틀에 처리해야 할 일이 만(萬) 가지나 되니 서관(庶官, 집무실)을 비워두어서는 안 될 것입니다. 임금이 하는 일은 하늘의 일을 사람이 대신 처리하는 것뿐이라고 경국전에 쓰겠습니다."

정도전은 확실히 못을 박으려고 했다. 조선은 군주가 권력을 남용하여 폭정이 일어나면 안 된다. 그러기 위해서는 재상 정치를 실현해야 한다고 생각했다.

"순(舜)과 우(禹) 임금이 부지런하여 성군이 되었으며 《서경》에 이르기를, '아침부터 해가 질 때까지 밥 먹을 겨를도 없이 일을 하여 만백성을 잘 살게 했다.' 하였습니다. 문왕(文王) 또한 그러하였습니다."

정도전의 말을 곰곰이 되씹어보면 임금의 덕목이 무엇인지 알게 된다.

"성현들의 도리이지."

이성계는 고개를 끄덕거리기는 했으나 표정이 어두워졌다. 정도전이 임금의 권한을 대폭 축소하려 하는 것을 눈치 챈 것이다.

임금은 자신이 세상의 중심이고 모든 사람들이 떠받들기 때문에 굳이 백성들의 일로 수고를 할 필요가 없다고 생각한다. 임금으로서 정무를 보는 일을 게을리 하거나 부지런히 정무를 보거나, 어떻게 해도 임금의 권위가 손상되는 것은 아니다. 임금은 나태해도 여전히 백성들 위에 군림할 수 있다.

"'천하 국가의 일 때문에 나의 정력을 소모시켜 나의 수명을 단축하는 것은 불가하다. 이미 숭고한 자리에 있는데 어찌 자기를 낮추고 수고를 해야 하는가?' 이런 생각을 하는 임금은 올바르다고 할 수 없을 것입니다."

"그런가?"

이성계의 대답이 더욱 낮아졌다. 마음에 들지 않는다는 표현이다. 봉건시대 많은 임금들이 임금은 일을 하는 존재가 아니라 여악(女樂)을 가까이 하거나, 사냥이나 완호(玩好, 노리개나 보석을 좋아함)를 하면서 일생을 보내는 존귀한 존재라고 생각했다. 그러나 정도전은 임금이 밥 먹을 시간도 없이 부지런히 일을 해야 한다고 주장하여 임금이 신성한 존재가 아니라 일개 경영자라는 사실을 명백하게 주장하고 있었다.

하륜은 이방원의 집을 향해 가다가, 긴 목도 행렬 앞에서 고삐를 잡아당겨 말을 세웠다. 수백 명의 장정들이 직사각형의 석물을 목도로 운반하면서 길게 소리를 뽑고 있었다. 정도전도 팔을 걷어붙이고 이리 뛰고 저리 뛰면서 정신없이 소리를 질러댔다. 한나라의 국상이요, 판삼사사인 정도전이 마치 공사판 십장처럼 목도꾼들을 지휘하고 있는 것이다.

'전하께서 형님에게 한양 건설 공사를 맡기신 것은 훌륭한 선택이군.'

하륜은 정도전에게 감탄하고 이성계에게 탄복했다.

'역시 저들은 하늘이 내린 인재인가?'

하륜은 때때로 정도전과 이성계에게 질투에 가까운 감정을 느꼈다. 그들과 같은 재능을 주지 않은 하늘이 원망스러웠다.

"내려간다 - 발조심…."

정도전은 역부들 앞에서 직접 소리를 뽑고 있었다. 그가 목도 소리를 뽑을 때마다 역부들이 일제히 합창을 하여 소리를 뽑았다.

"여엉차 - 영차…."

"진 데 있어 주추움…."

"여엉차 - 영차…."

"조심조심 내려놓고…."

"여엉차 - 영차…."

"저것도 메어 와야 한다."

"여엉차 - 영차."

무거운 석물이나 목재를 나를 때는 목도를 하게 되는데 지치고 힘이 들기 때문에 소리로 기운을 북돋우는 것이다.

하륜은 말에서 내려 정도전에게 다가갔다. 궁궐 공사를 마치자마자 시작된 성곽 공사였다. 궁궐을 지었으니 궁궐을 보호하는 성곽을 건축하는 것은 당연한 수순이었다. 그러나 궁궐과 성곽 공사는 막대한 인력과 재력이 소모되는 대역사였다. 공사를 무리하게 강행하면 나라의 재정이 고갈되고, 재정이 고갈되면 세금을 높이기 때문에 민란이 일어나 나라가 망하는 경우도 종종 있었다. 그러나 정도전은 한양 건설의 재정이나 인력 동원조차 무리 없이 이끌고 있었다.

"왔는가?"

정도전이 하륜을 발견하고 가까이 다가왔다.

"어찌 손수 역부들을 지휘하십니까?"

"말단 관리들에게 맡겨서야 일이 제대로 진행되겠는가? 요즘 적조했는데 어찌 지내는가?"

정도전이 성곽의 정남쪽을 향해 걸어가면서 물었다. 하륜은 느릿느릿 정도전을 따라갔다. 속칭 남대문으로 불리는 정남문은 2층 누각 형으로 날아갈 듯이 높이 솟아 있었다. 아직은 백골만 세워졌으나 지붕 위에서 목수들이 일을 하는 것이 보였다.

"정남문이군요. 이름은 무엇이라고 지으실 생각이십니까?"

"숭례문(崇禮門)일세."

"숭례문이라면 예의를 숭상한다는 뜻이 아닙니까?"

"유학의 근본은 예가 아닌가? 조선이 유학을 정학으로 삼는다는 뜻이 있네. 나하고 성곽 공사를 구경하겠나?"

정도전이 하륜의 대답도 기다리지 않고 말에 올라탔다. 하륜은 얼떨결에 말에 올라타 정도전의 뒤를 따르기 시작했다. 정도전은 남산 쪽으로 말을 달려 올라갔다. 남산에서도 성곽 공사가 한창이었다. 한양을 둘러싸고 온통 성곽 공사가 띠를 두른 것처럼 이어졌다. 그런데 성곽이 한 길 남짓밖에 되지 않았다.

"성곽이 높지 않습니다. 적이 쳐들어오면 막아내기가 어려울 것입니다. 성곽을 더 높여야 하지 않습니까?"

하륜이 의아한 표정으로 정도전을 쳐다보았다.

"내 들으니 일본의 강호성(江戶城, 에도성)은 해자와 성곽으로 겹겹이 둘러싸여 있다고 하네. 허나 중국 북경의 외성은 성곽이 의외로 낮다네."

"그건 왜 그렇습니까?"

"그 이유는 천자가 백성의 지지를 얻지 못하면 제거될 수 있기 때문이지."

하륜은 정도전의 말에 소름이 끼치는 듯한 전율을 느꼈다. 정도전은 궁궐이나 한양의 성곽조차 백성들을 배려하면서 건축하고 있는 것이었다.

남산에는 봉수대의 모습이 보였다. 봉수대는 외침을 중앙으로 신속하게 알리는 역할을 하니 정도전의 국방에 대한 예지력도 짐작할 수 있었다. 남산 봉수대를 돌아본 뒤에 정동문에 이르렀다. 정동문에도 역부들과 목수들이 성곽을 쌓고 대문을 건설하느라 여념이 없었다.

"이 대문의 이름은 무엇이라고 하실 생각입니까?"

"홍인문(興仁門)이네."

"홍인문이라면 어질다는 뜻이 아닙니까?"

"그렇지. 조선의 모든 백성이 어질기를 바라는 나의 간절한 염원을 담았네."

하륜은 정도전이 반대로 말을 하고 있다고 생각했다. 정도전은 백성들이 어질기를 바라는 것이 아니라 임금과 관리들이 어질기를 바라는 것이다.

'아아, 참으로 웅장하구나.'

하륜은 동대문과 낙산으로 향하는 성곽을 보면서 정도전에게 한없이 위축되는 것을 느꼈다.

한양 성곽 공사는 3년에 걸친 대역사로 1396년에는 백악산, 인왕산, 목멱산, 낙산을 띠처럼 잇는, 길이 5만 9천 5백 자(약 17km)의 도성이 축조되었고, 도성 안팎을 연결하는 4대문과 4소문이 건축되었다. 도성 축조에는 11만 8천 70여 명의 장정들이 동원되었다.

도성의 북쪽문은 숙청문(肅淸門), 동북쪽은 홍화문(弘化門)이니 속칭 동소문(東小門)이라 하고, 동쪽은 홍인문이니 속칭 동대문이라 하고, 동남쪽은 광희문(光熙門)이니 속칭 수구문(水口門)이라 하고, 남쪽은 숭례문이니 속칭 남대문이라 하고, 소북(小北)은 소덕문(昭德門)이니, 속칭 서소문(西小門)이라 하고, 서쪽은 돈의문(敦義門)이며, 서북쪽은 창의문(彰義門)이라고 하였다.

'하늘이여, 제가 조선을 건국하고 한양을 건설하였습니다. 이 나라와 이 도성이, 이 백성들이 천년만년 영원히 이어지도록 보우하소서.'

정도전은 밤이 되자 하늘을 보고 간절히 기원했다. 자신도 모르게 눈시울이 뜨거워져 왔다.

"우십니까?"

치맛자락이 끌리는 소리가 들리더니 부인 최 씨가 뜰로 나왔다.

"아직 자지 않았소?"

정도전이 유정 가득한 눈으로 부인을 바라보았다.

"제가 언제 서방님보다 먼저 잔 적이 있습니까?"

최 씨가 곱게 눈을 흘기는 시늉을 했다.

"나는 당신과 약속한 대로 재상이 되었고 부귀도 누리게 해주었소. 이만하면 괜찮은 남정네가 아니오?"

"호호호. 서방님께서 저에게 자랑을 하고 싶으신 것입니까? 저에게 뻐기고 싶으신 겁니까?"

"그래, 이제는 대감이나 판삼사사 나리라고 불러도 괜찮지 않소?"

"그것이 소원이십니까? 소원이라면 불러드리겠지만 저에게는 판삼사사나 대감보다 서방님이 가장 소중합니다."

"나도 서방님이라고 부르는 당신의 말이 좋소. 평생 나를 알아준 사람은 당신뿐이었소."

"국화주를 걸렀습니다. 서방님께서 흥에 취하시도록 거문고를 타고 노래를 부르겠어요."

"그래서 당신에게서 국화향이 났구면."

정도전은 부인의 손을 더욱 꼭 잡고 하늘을 쳐다보았다. 때마침 남산 위에 떠오른 만월이 희다 못해 푸른 월광을 온 누리에 뿌리고 있었다. 아득한 푸른 광망에 휩싸인 채 정도전은 부인의 손을 잡고 그렇게 달을 바라보았다.

대궐 공사와 성곽 공사가 끝나자 정도전은 대대적인 정치 개혁에 들어갔다. 조선의 행정체제를 6전에 맞춰 6부로 개혁하고 6방 승지를 두었다. 국왕은 승지들을 통해 다스리고 6부를 통솔하는 것은 재상이 하게 했다.

조선을 건국하고 한양을 건설하고 나서도, 정도전은 자신의 꿈을 잠시도 멈추지 않았다.

하륜은 종종 정도전이 한양을 건설하는 모습을 멀찍이 떨어져서 지켜보았다.

'훗훗… 한양 건설에 이리도 공을 들이다니… 분명히 한양은 천년 도읍이 될 것이오.'

하륜은 정도전이 건설한 한양이 마음에 들었다.

그는 시묘살이를 마치고 한양으로 돌아오자 이방원을 주시했다. 이방원은 이방석이 세자에 책봉된 이후 우울한 날을 보내고 있었다.

'형님이 말했지. 유능한 책사는 스스로 주인을 찾는다고…'

하륜은 스스로 이방원을 찾아가 책사를 자처했다.

"저는 이제 정안공을 정룡(正龍)으로 받들어 모시겠습니다."

정룡은 임금이 될 적통 왕자를 말하는 것이다.

"내가 그만한 역량이 있소?"

이방원은 눈을 빛내면서 하륜을 쳐다보았다.

"정안공께서는 잠룡이십니다. 정안공이 아니면 누가 이 나라의 주인이 될 수 있겠습니까?"

"부질없는 일이오. 나는 욕심이 없소."

이방원이 희미하게 웃으면서 고개를 흔들었다.

"소인이 대업을 이루어 드리겠습니다. 정안공께서는 가슴에 큰 뜻을 가지고 계시지 않습니까?"

"정도전이 내 앞을 막고 있는데 어찌 길이 열리겠소?"

"뜻이 있으면 반드시 길이 열릴 것입니다. 정도전은 조선 건국과 한양 건설로 자신의 소임을 다했습니다. 이제 조선의 주인은 정안군이 되셔야 합니다."

"그대와 내가 함께 조선을 경영하자는 말이오?"

이방원의 눈에서 순간적으로 불꽃이 일어났다.

"그러하옵니다."

"정녕 그렇게 되겠소?"

"믿어 보십시오."

하륜은 굳은 표정으로 말했다. 이방원이 가만히 고개를 끄덕였다.

하륜은 불끈 쥔 주먹으로 왼쪽 눈을 가린 채 정전을 바라보았다. 그리고 어린 시절의 일을 떠올렸다. 갑작스런 소낙비가 내리던 날이었다. 네 명의 소년은 비를 피해 동굴 안으로 들어갔다. 그들은 빗소리를 들으며 인생의 즐거움에 대해 논하였다.

"나는 조용한 산방에서 시를 짓는 것이 평생의 즐거움이야!"

항상 그렇듯, 소년 이숭인이 가장 먼저 대답했다.

"저는 천문학, 음양오행, 작명, 운세, 관운 등을 공부할 때 즐거움을 느낍니다."

어린 하륜의 대답에 이숭인이 놀리기 시작했다.

"그건 잡학이잖아. 유학자로서 그게 뭐냐?"

"너는 어머니랑 같이 늘 불경을 외운다고 들었다. 그것도 유학자의 도리는 아니잖아!"

하륜이 훗날 불교에 귀의하게 되는 소년 이숭인을 향해 맞받아쳤다.

"그만, 어찌 서로의 즐거움에 우열을 나누느냐."
이들보다 열 살 연상인, 정몽주가 이를 저지했다.
"그럼, 달가 형님에게 있어 인생의 즐거움은 뭡니까?"
정몽주는 미소를 지으며 소년 정도전을 바라보았다.
"도전이, 네가 먼저 얘기해 봐라."
"저는 말입니다… 첫눈이 내리는 겨울날 가죽 옷에 준마를 타고, 누런 개와 푸른 매를 앞세워 평원에서 사냥하는 것이 가장 즐거운 일입니다."
"에이, 형님은 배가 너무 많이 나와서 사냥하기 힘드실 텐데요."
이숭인이 정도전의 배를 보며 놀렸다. 모두가 한바탕 웃어댔다.
"그럼 사냥하는 진법을 고안해 낼 것이다. 하하하."
정도전이 웃으면서 화답하였다. 모두가 이제 정몽주를 바라보았다. 정몽주는 쑥스러운 듯이 눈을 내리깔았다.
"난… 너희들과 같이 있으면 항상 즐겁다."
다시 모두가 와아 하면서 동굴 밖으로 뛰어 나왔다.
"나도 형님들과, 륜이와 있으면 최고로 즐겁습니다!"
이숭인이 빗속에서 외쳤다.
"저, 하륜은 평생 형님들과 숭인이와 함께할 것입니다!"
"나, 정도전은 지금이 최고로 즐겁습니다."
"나, 정몽주에게 있어 너희는 동생이 아니라, 벗이다!"
소낙비조차 네 소년의 우정을 막을 수 없었다. 당시에는.
'저는 한참 동안을 즐겁지 못했습니다.'
하륜은 주먹을 불끈 쥐고 자신의 왼쪽 눈을 어루만졌다. 그는 정도전이 건설한 경복궁의 근정전을 바라보면서, 어린 시절의 일을 떠올린 것이다.

하륜이 이방원과 밀약을 맺을 무렵, 조선은 명나라와 외교적인 문제로 골치를 앓았다. 명나라의 황제 주원장은 조선을 인정하면서도 고명(誥命, 사령장)과 금인(金印, 황금으로 제작된 도장)을 내주지 않고 있었다. 속국을 자처하는 조선을 길들이기 위한 계책으로 볼 수 있다.

정도전은 명나라를 압박하기 위해 북쪽의 기마 민족인 여진족을 회유하는 정책을 사용했다. 여진족은 후에 청(淸)나라를 세워 중국을 지배할 정도로, 명에 위협이 되는 민족이다.

"요사이 몰래 사람을 보내어 여진족을 꾀여 가권(家券, 집문서)을 소유한 5백여 명을 압록강을 몰래 건너게 하여 조선으로 귀화시켰으니, 죄가 이보다 큰 것이 없다!"

여진족이 조선에 귀화하자 주원장이 예민하게 반응했다.

"이 모든 것은 이모(李某, 이성계)라는 자가 꾸민 것이 아니라 그의 책사 정도전이 한 짓입니다."

명나라의 대신들이 주원장에게 아뢰었다. 여진족이 조선의 북방에 편입되면 명나라에 위협이 된다.

"도대체 정도전이라는 자는 무엇을 꿈꾸는가? 어찌 천자인 나를 두려워하지 않는단 말인가?"

주원장이 대노하여 호통을 쳤다. 명나라의 황제로 즉위하면서 2만 명 이상을 학살한 주원장이었다. 주원장은 조선에서 보낸 표전(表箋, 외교 문서)을 문제 삼아 맹렬하게 비난했다.

"조선이 명절 때마다 사람을 보내 표전을 올려 하례하니 예의가 있는 듯하나, 문사에 있어 결박하고 멋대로 능멸하는 등 무례하기 짝이 없다! 본부에서 흠봉(欽奉)한 성지(聖旨)에, '나라를 열고 가업(家業)을 이음에 있어서 소인(小人)은 쓰지 말라'고 했는데, 조선은 새로 개국하여 등용된 사람의 표전(表箋)을 보니, 이것은 삼한(三韓) 생령(生靈)의 복이 아니요, 삼한의 화수(禍首)다."

주원장은 표전 문제로 탈을 잡아 소인배를 등용했다고 조선을 비난하고 정도전을 화의 우두머리로 지목하였다. 그러고는 표전을 가지고 사신으로 갔던 정총(鄭摠), 노인도(盧仁度), 김약항(金若恒)을 억류한 뒤에 표전문의 작성자와 교정한 인원을 명나라로 보내라고 강경한 명령을 내렸다.

'조선을 길들이려 하는 것인가? 아니면 나를 노린다는 말인가? 조선이 그렇게 호락호락할 것이라고 생각했다면 오산이다.'

정도전은 명나라의 오만불손한 태도에 분개했다.

"정도전은 뼛속까지 고려인이다. 발해를 여국(與國, 동맹국)이라고 표현할 정도로 깊은 관심을 갖고 있다. 그가 모든 것을 추동하고 있는 것이다. 정도전이 표전문의 교정책임자다. 그를 당장 불러 들여라!"

사실 표전문의 작성자는 정탁이고, 교정은 정총과 권근이 본 것이다. 그럼에도 주원장의 칼날은 정도전을 향하고 있었다. 주원장은 정도전이 《경제문감》 군도편에서 다음과 같이 주장한 것을 잘 알고 있었다.

태조 왕건은 거란이 강성하여 여국을 침략하매 국교를 단절했고, 발해가

약하여 땅을 잃고 돌아갈 데가 없으매 돌보아 주었다. 여러 번 평양에 행행하고 친히 북쪽 국경을 순행하였으니, 그의 뜻이 대개 동명왕(東明王, 주몽은 압록강 이북 요동에서 나라를 세웠다) 때의 옛 강토를 회복하려고 한 것이다….

단군조선, 고구려 그리고 발해는 요동을 지배한 강국이다. 정도전은 고려 태조 왕건이 요동을 수복하려던 점을 발견하고 높이 평가했다. 이는 고려 건국 때부터 이어져 왔던 요동 정벌의 꿈을 조선에서 계승해 나가겠다는 의미였다.

정도전은 몸이 아프다는 핑계로 명나라로 들어오라는 주원장의 요구를 거절하고 요동 정벌을 준비하기 시작했다.

"부국강병의 실행을 위해서는 민생 안정이 최우선입니다. 백성들이 뿌리 없이 흔들리면 부국강병은 결코 이룰 수 없습니다."

백성의 삶이 안정되면, 재정도 안정되고 군사력도 강화된다. 정도전은 판적을 정비하고 토지를 조사하여 백성들에게 나누어주었다. 그리고 부세의 절목을 마련하여 농민들에 대한 부세를 1할만 징수하고, 그 부세로 국가 재정을 충당하되 3분의 2만 지출하고 3분의 1은 비축하였다. 그리하여 3년이 지나면 1년의 국가 재정이 비축되고 30년이 지나면 10년의 국가 재정이 비축되게 했다.

사전 개혁과 부세 개혁으로 백성들의 삶을 안정시킨 정도전은 본격적으로 군사를 양성하기 시작했다. 병서를 저술하고 병제를 대대적으로 정비하였다. 나라는 군사에 의지해서 보존되고, 군사는 식량에 의해서 생존하는 것이다.

정도전은 강군이 되기 위해서는 무엇보다도 군량이 뒷받침되어야 한다고 역설했다. 군제를 개혁하여 군사를 중앙군과 지방군으로 나누었다. 중앙군은 부병(府兵)과 주군번상지병(州郡番上之兵, 번을 정하여 서울에 올라와 숙위하는 것)이 있고 지방군은 육수병(陸守兵)과 기선병(騎船兵)으로 나누었다. 육수병은 육군을 말하는 것이고 기선병은 수군을 말하는 것이다. 지방에는 절제사를 두고 진법을 연습하도록 영을 내렸다.

중앙군은 왕실과 수도경비를 담당하고 지방군은 외적의 침입을 방어하게 만들었다. 의흥삼군부(義興三軍府)를 두어 양군을 통솔하게 했는데 재상이 겸임하여 군사를 총지휘했다.

정도전은 군제가 정비되자마자 철저하게 군사를 훈련시켰다.

"조선 국왕 이성계의 문인(文人)인 정도전이란 자는 왕에게 어떤 도움을 주는가? 왕이 만일 깨닫지 못하면 이 사람이 반드시 화(禍)의 근원이 될 것이다. 왕은 잘 살필지어다. 너희 예부는 조선 국왕에게 고하여 깊이 생각하고 익히 상량하여 삼한을 보전하게 하라."

정도전이 요동 정벌을 준비하자 주원장도 다급해졌다. 그는 조선의 사신 설장수를 불러 이성계가 정도전을 처단하지 않으면 나라를 지키기 어려울 것이라고 경고했다.

"이모는 사리를 분간할 줄 모른다. 정도전을 써서 무엇을 할 것이냐? 정도전은 예전 명나라에 왔다가 돌아가는 길에 산해위(山海衛)를 지나다가 사람들에게 말하기를, '요동은 고려와 발해의 옛 땅이다. 마땅히 조선이 수복해야 한다.'라고 말하였다. 죄를 물을 것이니 반드시 정도전을 입조하도록 하라."

주원장은 설장수를 조선으로 돌려보내면서 정도전을 명나라로 보내라고 강력하게 요구했다. 설장수가 돌아오자 태조 이성계를 비롯하여 조선조정은 발칵 뒤집혔다. 정도전이 명나라에 가면 반드시 주원장에게 죽게 된다. 그러나 정도전은 주원장의 강경한 요구에 코웃음을 치면서 군사를 양성하는 일에 박차를 가했다.

하륜과 이방원은 명나라가 정도전을 요구하자 절호의 기회가 왔다고 생각했다.

"전하, 명나라는 대국입니다. 대국의 요구를 거절할 수 없습니다. 판삼사사가 명나라에 가서 억류되어 있는 사신들을 데리고 돌아와야 합니다."

하륜이 이성계에게 아뢰었다.

"주원장이 원하는 건 교정책임자가 아니라 판삼사사가 아닌가? 판삼사사를 명나라에 보내 죽게 할 수는 없다."

이성계는 하륜의 진의를 파악하기 위해 날카롭게 쏘아보았다.

"나라의 운명이 여기에 달려 있으니 목숨을 아까워해서는 안 됩니다. 명나라에 입조를 한다고 반드시 죽이지는 않을 것입니다."

정도전은 하륜이 자신을 명나라에 보내려고 하자 눈빛이 싸늘하게 변해갔다.

"신이 명나라에 가서 죽는 것은 두렵지 않습니다. 허나 신이 죽은 뒤에도 명나라의 핍박은 계속될 것입니다."

정도전이 떨리는 목소리로 아뢰었다.

"어찌 앞으로 닥쳐올 일을 미리 걱정하십니까? 목전의 위급부터 처리해야 합니다."

하륜의 말에 조정 대신들이 일제히 웅성거렸다. 이방원은 희미하게 웃는 반면, 남은은 분노로 몸을 떨었다.

"전하, 판삼사사는 조정의 첫째 재상입니다. 명나라가 아무리 강대국이라고 해도 어찌 그들의 협박에 굴복하여 재상을 사지로 보내겠습니까? 이는 소인배의 짧은 생각에 지나지 않습니다."

남은이 하륜을 맹렬하게 비난했다. 하륜의 얼굴이 흙빛으로 변했다.

"판삼사사는 조정에서 해야 할 일이 산적해 있다. 그대가 명나라에 가는 것이 어떤가?"

이성계가 빙그레 웃으면서 하륜에게 말했다.

"삼가 영을 받들겠습니다."

하륜이 뜻밖에 머리를 깊숙이 조아렸다.

"신은 표전문을 교정했으니 신 또한 명나라에 가서 해명하겠습니다."

권근이었다. 이성계의 영으로 안도의 한숨을 쉬던 정도전이 다시 놀라 권근을 바라보았다. 권근은 이숭인과 깊은 우정을 나눈 사이였다. 그래서 평소에도 그는 정도전에 대해 악감정을 갖고 있었다.

"신도 교정을 했으니 명나라에 가서 해명하겠습니다."

이번에는 정탁이었다. 역시 그도 교정책임자였다. 결국 명나라에 억류된 사신을 구출하기 위해 하륜, 권근, 정탁이 사신으로 가게 된다.

十六 · 생의 가치

이방원은 명의 주원장과 공조하는 길을 모색한다. 물론 분노만 가슴에 남은 하룬의 주도였다. 패륜은 이방원의 가슴에도 생채기를 내고, 정도전은 생의 가치를 완성하는 길로 진입한다.

명나라의 황제 주원장은 황금빛의 곤룡포를 입고 용상에 앉아 있었다. 하륜은 주원장에게 절을 올리며, 그의 싸늘한 시선에 몸이 떨리는 것을 느꼈다.

"조선 국왕과 정도전이 지음이라고 했느냐?"

"그러하옵니다."

"그러면 누가 정도전을 죽일 수 있겠느냐?"

주원장이 하륜을 쏘아보았다.

"정안군입니다."

"정안군은 국왕의 다섯째 왕자를 말하는 것이냐?"

"예, 인물이 출중하여 일찍부터 조선의 대신들이 세자로 책봉하기를 바랐는데 전하께서는 어린 왕자를 세자로 세우셨습니다. 폐하께서 정안군을 용인하시면 대대로 충성을 바칠 것입니다. 요동을 거론조차 하지 않을 것입니다."

하륜의 말에 주원장이 고개를 끄덕거렸다. 정안군 이방원의 거사를 용인해 주면 요동을 포기하겠다는 말인 것이다.

"내가 그를 어찌 믿느냐?"

"조선의 왕자 중 한 명을 명으로 오라 하십시오. 그리 하면 반드시 정안군이 오게 될 것입니다."

주원장은 새삼스럽게 조선의 사신 하륜을 쏘아보았다. 하륜이라는 자는 정안군 이방원의 책사가 분명하다.

"사신은 돌아가서 아뢴 대로 하라."

주원장의 영이 떨어지자 하륜은 즉시 조선으로 돌아왔다.

"왕자를 입조시키라니 가당치 않은 일이다."

이성계는 명나라의 강력한 요구에 전전긍긍했다. 주원장의 요구를 노골적으로 무시하면 전쟁이 벌어질 것이다.

조정에서는 왕자를 입조시키는 문제가 긴박하게 논의되고 있었으나 정도전은 남은과 함께 군사 훈련을 강화하는 데 몰두하였다. 이때 조선의 군사지휘부는 쟁쟁했다. 절제사에 남은, 이지란, 장사길(張思吉), 이천우(李天祐), 의안백(義安伯) 이화(李和), 회안군(懷安君) 이방간(李芳幹), 익안군(益安君) 이방의(李芳毅), 무안군(撫安君) 이방번, 영안군(寧安君) 양우(良祐), 영안군(永安君) 이방과(李芳果, 정종) 순녕군(順寧君) 이지(李枝), 홍안군(興安君) 이제(李濟), 정안군 이방원, 유만수(柳曼殊), 정신의(鄭臣義) 등이 군대를 통솔하여 정규군만 해도 5만 명 이상으로 편성됐다. 정도전은 5만 명의 정규군과 10만 명의 비정규군을 합쳐 15만 명의 대군으로 요동을 휘몰아칠 생각이었다.

정도전이 요동 정벌을 위해 군사 훈련에 집중하고 있을 때 이방원은 스스로 명나라에 입조하겠다고 자원했다.

"명나라로 가면 살아 돌아오지 못할지도 모른다."

이성계가 깜짝 놀라 이방원에게 말했다.

"나라가 위급한데 어찌 자신의 안위만 돌볼 수 있겠습니까? 신이 가서 명나라 천자를 만날 것입니다."

이방원이 비장한 표정으로 이성계에게 아뢰었다.

"나에게 아들이 여럿이 있으나 너 하나만 못하구나. 명나라 황제가 만일 묻는 일이 있다면 네가 아니면 대답할 사람이 없을 것이다."

이성계가 진심으로 탄복하여 말했다.

"종묘와 사직의 크나큰 일을 위해서 어찌 감히 사양하겠습니까?"

이방원이 대답하였다.

"너의 체질이 파리하고 허약해서 만 리의 먼 길을 탈 없이 갔다가 올 수 있겠느냐?"

이성계가 눈물을 글썽거리면서 말했다. 조정 대신들이 모두 정안군이 위험하다고 하자 남재(南在)가 앞으로 나섰다.

"정안군이 만 리의 길을 떠나는데 우리가 어찌 베개를 베고 여기에서 죽겠습니까?"

남재는 이방원의 강개한 모습에 감명을 받아 사신을 자원했다.

결국 이방원은 하륜의 책략대로 명나라로 떠나게 되었다.

"내가 명나라에 가면 살아서 돌아올 수 있겠소?"

이방원이 전송을 나온 하륜에게 은밀하게 물었다. 하륜이 술을 따라 이방원을 위로했다.

"걱정하지 마십시오. 왕자님께서는 밀약을 맺으러 가는 것뿐입니다."

하륜이 술잔을 들고 말했다. 이방원은 하륜과 헤어져 명나라로 떠났다. 정도전은 이방원이 명나라로 떠나는 것도 아랑곳하지 않고 훈련에 열중했다.

'우리가 요동에서 승리하지 못하면 새 왕조는 명나라의 꼭두각시가 될 것이다.'

정도전은 요동 벌판이 있는 북쪽 하늘을 바라보면서 절치부심했다. 이성계는 이방원을 명나라로 떠나보내고 정도전이 군사 훈련하는 모습을 사열했다. 정도전은 군기를 삼엄하게 하여 훈련을 태만히 하는 자에게는 매질까지 했다.

"전하께서 무신들에게 진도(陣圖, 군사 훈련)를 강습하도록 명령한 지가 몇 해가 되었는데도, 절제사 이하의 대소 원장(大小員將)들이 스스로 강습하지 아니하고 그 직책을 게을리 하니, 그 양부(兩府)의 파직된 전함(前銜)은 직첩을 관품(官品)에 따라 수취(收取)하되 1등을 강등시킬 것이며, 5품 이하의 관원은 태형을 집행하여 뒷사람의 본보기로 삼으소서."

정도전은 훈련을 게을리 하는 부대의 장군들을 탄핵했다.

"개국공신과 왕실의 지친, 원종공신은 죄를 논의할 수 없으니, 그 당해 휘하 사람은 모두 각기 태형 50대씩을 치고, 이무는 관직을 파면시킬 것이며, 외방 여러 진(鎭)의 절제사로서 진도를 익히지 않는 사람은 모두 곤장을 치게 하라."

정도전의 청을 받은 이성계는 장수들에게 곤장을 치라는 영을 내렸다. 이성계의 영이 내려지자 많은 장수들이 군사 훈련을 태만히 했다는 이유로 곤장을 맞았다. 그 대표적 인물이 이무였다. 정도전은 일찍이 그의 능력을 인정하여 그가 전라도관찰사로 임명됐을 때 《감사요약》을 지어주기까지 하였다. 하지만 그런 이무도 정도에 어긋나는 행동을 할 경우 정도전의 엄격한 칼날을 피할 수 없었다.

"대감, 어찌 장수들에게 곤장을 치게 했습니까?"

남은이 정도전을 찾아와서 물었다.

"정안군이 명나라로 향하고 있습니다."

정도전이 눈을 부릅뜨고 허공을 노려보았다.

"명나라에서 왕자를 입조하라고 했기 때문이 아닙니까?"

"그렇게 단순하지가 않습니다. 하륜이 먼저 명나라에 들어갔고 뒤따라 정안군이 명나라로 가고 있습니다. 이것이 무엇을 의미한다고 생각하십니까?"

"글쎄요. 나는 짐작도 못하겠습니다."

"하륜은 요동 정벌을 중지하겠다고 했을 것이고, 정안군은 이를 확인하러 가는 것입니다.."

"아니, 왜 그들이 그런 짓을 합니까? 하륜이 무슨 힘이 있어서 요동 정벌을 중지합니까?"

"조선의 주인이 달라지지 않습니까? 요동 정벌을 중지하는 대신 자신들의 거사를 용인해 달라고 할 것입니다."

"이럴 수가… 어찌 이럴 수가 있다는 말입니까?"

남은이 분노로 몸을 부들부들 떨었다.

"그래서 나도 손을 쓰고 있는 것입니다."

"무슨 대책이 있습니까?"

"차도살인지계(借刀殺人之計)를 쓰려고 합니다."

"차도살인지계?"

"남의 칼을 빌려 적을 죽이는 책략입니다."

"그럼 주원장이 정안군을 죽이게 한다는 말씀입니까?"

정도전은 남은의 말에 빙그레 웃으면서 고개를 끄덕거렸다.

"제 수하 중에 길상근이라는 자가 있습니다. 그자를 명나라에 보내 조선이 명나라를 침공한다는 소문을 퍼트리게 했습니다. 지금쯤 압록강을 건넜을 것입니다."

"과연 절묘한 계책입니다."

남은이 무릎을 치면서 감탄했다. 정도전과 하륜의 계략이 불꽃을 튀기기 시작했다.

길상근은 쉬지 않고 말을 달려 명나라의 도읍 남경에 도착하여 요동 정벌 이야기를 널리 퍼트렸다. 남경의 인심이 흉흉해지고 명나라 조정은 발칵 뒤집혔다. 이방원이 사신단을 이끌고 남경에 도착한 것은 정도전의 요동 정벌군이 금방이라도 침략을 해올 것 같아 뒤숭숭해 있을 때였다. 이방원은 명나라 군사들의 삼엄한 감시를 받으면서 주원장을 알현했다.

"너희가 대국을 침략하기 위해 군사를 양성하고 있는 것을 알고 있는데 무슨 낯으로 알현하러 왔느냐?"

주원장이 이방원을 쏘아보면서 언성을 높였다. 이방원은 등줄기로 식은땀이 흐르는 것을 느꼈다.

"소국이 어찌 감히 대국을 넘볼 수 있겠습니까? 이는 우둔한 자의 책략에 불과합니다."

이방원은 주원장 앞에 잔뜩 머리를 조아리고 대답했다.

"책략이라? 그 우둔한 자는 누구를 말하는 것이냐?"

"정도전입니다."

"정도전은 조선왕의 지음이라고 하지 않았느냐? 권력을 한 손에 틀어쥐고 있는데 어찌 우둔한 자라고 하느냐?"

"정도전이 죽으면 요동 정벌은 이루어지지 않을 것입니다."

"정도전이 죽는다?"

주원장이 날카로운 눈으로 이방원을 쏘아보았다. 이방원은 그의 눈빛이 뱀처럼 차갑다는 것을 느꼈다.

"명은 대국이고 조선은 소국입니다. 분수를 모르고 전쟁을 일으켜 백성들을 도탄에 빠트리는 자는 소인배에 지나지 않습니다. 외신(外臣)이 이 자를 제거하여 대명과 조선에 후환이 없도록 하겠습니다."

"너의 말을 믿을 수 없다. 나는 너를 죽일 것이다."

주원장의 말에 이방원은 가슴이 철렁했다.

"정도전은 외신이 천자를 알현하러 가는 것을 알고 요동 정벌을 널리 퍼트려 천자께서 외신을 죽이게 하려는 계책을 세웠습니다. 이를 차도살인지계라 합니다. 천자께서 외신을 죽이시면 정도전의 계략에 빠지는 것입니다."

이방원의 말에 주원장이 흠칫했다.

"핫핫핫! 대명 천자가 어찌 소인배의 책략에 놀아나겠느냐? 나는 너를 죽이지 않을 것이다."

주원장이 허세를 부리듯이 요란하게 웃음을 터트렸다. 이방원은 속으로 가슴을 쓸어내렸다.

이방원은 주원장과 밀약을 맺고 조선으로 돌아왔다.

"권근은 정안군을 따라 돌아왔으나 다른 사람들은 돌아오지 못했습니다."

길상근이 명나라에서 돌아와 정도전에게 보고했다. 정도전은 이방원이 돌아왔다는 보고를 받자 탄식했다.

'주원장이 이방원을 죽이지 않다니… 하륜이 내 계책을 꿰뚫어 본 것이 틀림없다.'

정도전은 하륜의 얼굴을 떠올리면서 씁쓸해하였다. 하륜이 마침내 자신을 향해 칼을 뽑아들었다는 사실에 뒷덜미가 서늘하기까지 했다.

"다른 사람들은 어찌 되었나?"

정도전이 길상근에게 물었다. 명나라에는 아직도 정총, 노인도, 김약항과 같은 조선의 사신들이 억류된 상태였다.

"소인이 돌아올 때 모두 처형되었습니다."

길상근이 머리를 조아렸다.

"수고가 많았네. 먼 길 다녀오느라 고단했을 터이니 푹 쉬도록 하게."

정도전은 길상근을 물러가게 하고 어두운 하늘을 쳐다보았다.

이방원과 권근이 명나라에서 돌아오면서 조선의 조정은 긴장감이 감돌기 시작했다. 이방원과 권근이 무사히 돌아왔으나 다른 사신들이 처형되었기 때문이었다.

"명나라에서 우리 사신들을 처형한 이유가 무엇인가?"

이성계는 사신들이 처형되었다는 말을 듣고 비통해했다.

"중전마마께서 승하하셨다는 소식을 듣고 정총이 상복을 입고 알현했기 때문입니다."

"그것이 어찌 죽을 만한 죄인가?"

"표면적인 이유는 상복을 입었기 때문이나 실은 요동 정벌 때문입니다. 요동 정벌 준비를 중지하라는 경고입니다. 판삼사사를 물러나게 한 뒤에 귀양을 보내야 합니다."

권근의 말에 조정대신들이 일제히 웅성거렸다.

"판삼사사를 탄핵하는 것인가?"

이성계의 눈초리가 길게 찢어졌다. 권근이 당황한 표정을 짓고 이방원은 희미한 미소를 지었다. 하륜은 깊숙이 머리를 조아리고 있다가 조준을 쏘아보면서 얕은 기침을 했다.

"전하, 전하께서는 하늘의 천명을 얻어 나라를 세우고 명나라의 책봉을 받으셨습니다. 왕기가 쇠한 개경을 떠나 한양으로 천도하셨습니다. 한양의 대궐과 성곽 공사로 수많은 민력이 동원되고 물자가 소용되어 백성들의 삶이 궁핍해졌습니다. 이러한 때에는 마땅히 백성들을 생업에 힘쓰게 해야 하는데 요동 정벌을 일으켜 대국을 거슬렀습니다. 장차 대국이 백만 대군을 휘몰아 침노하면 조선의 백성들은 어육

(魚肉)이 되어 나뒹굴 것입니다. 요동 정벌을 위한 군사 훈련을 중지하고 판삼사사를 파직하소서."

조준이 강경하게 아뢰었다.

"세 대신이 명나라에서 죽었다. 그런데도 군사를 해산하라는 말인가?"

"전하, 명나라는 강대국입니다. 소국이 대국을 섬기는 것은 사직을 지키기 위한 순리입니다."

"그대는 평생 사대만 하고 살라."

이성계가 차갑게 내뱉었다. 조준의 얼굴이 해쓱하게 변하고 하륜의 얼굴이 굳어졌다. 어전에 기묘한 정적이 감돌았다.

"우리 사신이 억울하게 죽음을 당했는데 군사를 해산하라는 한심한 무리들이 있다. 이 자들이 충신인가? 아니다. 대국을 섬기는 것이 소국의 도리라고 한다. 이렇게 말하는 자들이 충신인가? 아니다. 판삼사사가 군사 훈련을 하는 것에 반대하는 자들은 벼슬을 내놓고 물러가라."

이성계의 선언에 대신들이 입을 다물었다. 이성계의 목소리는 흡사 벽력이 몰아치듯 대신들의 귓전을 때렸다.

"전하, 신은 대신들의 뜻에 따르겠습니다."

정적을 깨고 정도전이 조용히 아뢰었다.

"그게 무슨 소리인가?"

이성계가 정도전을 살피면서 물었다.

"신은 백의종군의 자세로 국경의 취약지대인 동북 면을 맡아 조선의 병권을 더욱 강화시키는 데 일조하고 싶습니다."

대신들이 의아한 표정으로 정도전을 응시했다. 지금 그는 권력을 내놓고 외관으로 물러나겠다는 주장을 하고 있는 것이다.

'형님, 형님에게 권력이란 아무런 가치가 없단 말입니까?'

하륜은 머릿속으로 정도전의 심중을 헤아려 보았다. 하지만 쉽게 답이 나오지 않는 질문이다.

"대신 사병들이 지니고 있던 모든 무기와 병사들을 국가에 헌납하도록 명을 내려 주십시오. 그것이 조선의 병권을 강화시키는 데 일조할 것입니다."

사병 혁파안이다. 조정을 뒤흔드는 또 하나의 제안이었다. 권력은 병권에서 나오는 법이다. 사병이 없어지면 권세가들의 권력은 필시 약해질 것이 분명했다. 가장 타격을 입을 사람은 이방원이다. 그의 시선은 흡사 동공을 찌르는 것처럼 날카롭게 정도전을 향했다. 이방원과 정도전의 시선이 허공에서 팽팽하게 부딪쳤다. 하륜은 주먹을 쥐고 조용히 자신의 오른쪽 눈을 막아 정도전을 바라본다. 그의 왼쪽 눈은 이미 기능을 상실했기 때문에, 정도전의 모습은 이제 그의 시선에서 보이지 않았다.

'저는 이제 한 쪽 눈을 잃었습니다… 남은 건 대의멸친뿐입니다.'

十七 · 신념의 유산

천륜이란 정도전에게 따를 수도 어길 수도 없는 운명의 굴레였다.

그는 이제 자신의 신념을 완성하기 위한 마지막 선택을 한다.

사병 혁파안은 정도전에게 힘을 실어주는 것이었으나 이방원에게는 결심을 재촉하게 만들었다.
 '내가 거사를 미루고 있었던 것은 아버지 때문이었으나 이제는 더 이상 머뭇거릴 수가 없다.'
 이방원은 무섭게 눈을 부릅떴다. 하지만 자신의 움직임이 즉시 정도전에게 보고되고 있었기 때문에 함부로 행동할 수는 없었다.

 '요동 정벌의 시기가 무르익어 가는데 사사로운 권력 욕심 때문에 방해를 하다니…'
 정도전은 조준이 요동 정벌을 반대하고, 자신을 탄핵하자 뜻을 같이하는 남은을 조준의 집으로 보냈다.
 "내가 무엇 때문에 찾아왔는지 아시겠소?"
 남은은 조준을 싸늘하게 쏘아보았다.

"삼봉 대감에게 사심은 없습니다."

조준은 남은이 찾아온 까닭을 꿰뚫어보고 있었다. 정도전을 탄핵한 일에 사심이 없다고 말한 것이다.

"그것은 삼봉 대감께서 하신 말씀이올시다. 대감께서 탄핵을 하셨는데도 삼봉 대감은 노여워하지 않으셨습니다. 왜 그런지 아십니까?"

"우둔하여 모르겠습니다. 일깨워 주십시오."

"대감의 뒤에 정안군이 있다고 생각하기 때문입니다."

"허허… 공연한 말씀을…."

조준은 속내를 들켜 면구스러운 듯이 헛기침을 했다.

"정안군이 아니면 하륜입니까? 삼봉 대감은 그 또한 알고 있습니다."

"삼봉 대감은 대인(大人)입니다."

"그걸 아시면서도 삼봉이 평생을 걸고 추진하는 대업을 방해하는 것입니까?"

남은이 다그치자 조준이 눈을 지그시 감았다가 떴다.

"요동 정벌이 성공할 수 있다고 보십니까?"

"성공 못할 이유도 없지요."

"요동 정벌은 이미 명나라에 알려졌습니다."

"무슨 말씀입니까?"

"만일에 내가 전하와 더불어 여러 도의 백성을 거느리고 요동을 정벌한다면, 그들이 이미 대책을 세우고 있는데 어찌 성공할 수 있겠습니까? 나는 자신이 망하고 나라가 패망하는 일이 요동에 도착되기 전에 일어나게 될까 염려되어 탄핵을 한 것입니다."

"앞으로는 그런 일이 없기를 바랍니다. 또 그런 일이 있다면 삼봉 대감이 나서기 전에 내가 나설 것입니다."

남은은 조준을 찍어 누르듯이 단호하게 말하고 그의 집을 나왔다.

'비가 오겠구나. 백련사의 하늘도 저리 어둡겠지.'

남은은 검은 구름이 몰려오고 있는 하늘을 보고 혼잣말로 중얼거렸다.

때는 1398년 8월 25일 오시(午時, 11~13시)의 일이었다.

정도전은 아들인 담과 이무를 데리고 《고려사》를 한 번 더 살피겠다면서 백련사를 향해 길을 떠났다.

"이무와는 거리를 두시지요. 지난번에 곤장을 맞아 대감에게 악심을 품고 있습니다."

남은이 정도전에게 여러 차례 간언했으나, 그는 귀를 기울이지 않았다.

길상근은 밭을 갈다 말고 잠시 먼 들판을 응시했다. 벌써 가을이 오고 있는 것인가. 초목이 무성하고 장마가 언제까지나 계속될 것 같았는데 산들이 누르스름한 빛을 띠어 가고 들판이 황금빛으로 바뀌고 있었다. 수확의 계절이었다. 정도전의 전제 개혁으로 그들에게도 토지가 분배되어 마음껏 농사를 지을 수 있었다. 농사를 지은 뒤에도, 권세가들에게 소출의 대부분을 빼앗기지 않아 일을 해도 신명이 저절로 났다.

"홍이, 좀 쉬었다가 하게. 그렇게 열심히 땅을 파면 금덩어리라도 나온다던가?"

길상근은 잡초가 무성한 밭을 갈고 있는 홍이를 향해 소리를 질렀다.

"장가들면 아이도 낳을 텐데 농사를 많이 지어야지요."

홍이가 허리를 펴고 이마에 흐르는 구슬땀을 주먹으로 훔쳤다.

"등 따숩고 배부르면 그만이여. 지나치면 탈이 나네."

길상근은 고개를 들고 서쪽 하늘을 쳐다보았다. 빗발이라도 뿌리려는 것일까. 오동나무 잎사귀들이 검푸르게 살랑대고 있었다. 추석을 쉰 지 이미 열흘이 지난 날이었다. 시간은 묘시(卯時, 5~7시)가 지나고 진시(辰時, 7~9시)를 향해 가고 있었다.

후드득.

성긴 빗발이 떨어지기 시작했다. 길상근은 홍이와 함께 괭이를 들고 집으로 돌아오기 시작했다.

"추수가 끝나면 혼례를 올려야지."

길상근이 앞에서 걷는 홍이에게 말했다.

"뭐 혼례는 꼭 올려야 합니까? 같이 살면 혼례지요."

홍이가 계면쩍은 듯이 말했다. 홍이는 어느 날 청계천에서 동냥질을 하던 여자를 데리고 왔는데 깨끗한 옷을 입히고 얼굴을 씻게 하자 제법 곱상하였다. 이름은 필녀라고 했고 경상도에 몇 년 전 왜구가 쳐들어왔을 때 부모를 모두 여의었다고 했다. 나이는 열여덟 살이었다. 지금쯤 필녀는 집에서 아침을 차리고 있을 터였다.

'어…'

길상근은 문득 등줄기가 서늘해져 오는 것을 느꼈다. 누군가 자신을 노리고 뒤에서 칼을 뻗어 오고 있었다. 그가 뒤통수에 맹렬한 살기를 느끼고 돌아보자 칼끝이 이미 한 자(尺) 가까이 접근해 있었다.

'아!'

길상근은 자신을 향해 다가오는 칼끝을 보고 소름이 오싹 끼쳤다. 재빨리 몸을 피한 뒤에 괭이자루로 칼을 쳐냈다.

"창!"

칼과 괭이자루가 부딪쳐 요란한 금속성이 일어났다. 길상근을 습격한 자객은 총 세 명이었고 암습을 가할 정도로 뛰어난 실력을 갖고 있었다.

"이놈들, 도적이라면 사람을 잘못 봤다. 우리는 무지렁이 백성이라 돈이나 재물이 없다."

길상근은 자객들과 대치하면서 호통을 쳤다.

"핫핫핫! 무지렁이 백성이 아니라, 대역죄인 길삼봉을 잡으러 왔다."

"뭣이?"

"정도전을 잡으려면 길삼봉의 목이 필요하다. 쳐라!"

우두머리가 명령을 내리자 자객들이 길상근을 향해 일제히 달려들었다.

'나리께서 위험하다.'

길상근은 순간적으로 자객들의 목표가 자신이 아니라 정도전이라는 사실을 깨달았다.

"홍아, 이놈들은 나를 노리는 것이 아니라 나리를 노리는 것이다."

여기는 내가 맡을 테니 너는 즉시 나리께 알려라."

길상근이 다급하게 외쳤다.

"형님!"

홍이도 괭이자루로 자객들과 대치하면서 외쳤다.

"어서 가라. 그리고 다시는 돌아오지 말거라!"

길상근은 사납게 공격을 하는 자객들을 막으면서 연신 소리를 질렀다. 홍이가 사색이 되어 어둠 속으로 달아나기 시작했다.

"한 놈이 달아난다. 활을 쏴라."

우두머리의 명령이 떨어지자 매복을 하고 있었던 듯 갑사들이 길섶에서 뛰어나와 일제히 활을 쏘았다. 어둠 속에서 날카로운 파공성을 일으키면서 화살이 날아왔다. 홍이는 전력을 다해 질주했다.

"아악!"

홍이가 외마디 비명을 지르며 논두렁으로 나뒹굴었다. 그러나 홍이는 화살을 맞은 상태에서도 엎어지고 넘어지면서 달아났다.

'홍이가 자객들에게서 벗어났다.'

길상근은 홍이가 달아나자 안심하고 자객들과 맹렬한 사투를 벌였다. 그러나 자객들이 모두 뛰어난 무사들인 데다 숫자가 많아서 길상근은 순식간에 수세로 몰렸다.

'아아, 내가 오늘 죽는구나.'

길상근은 비감했다. 마침내 자객들의 칼이 그의 허리를 베었다. 길상근은 허리를 움켜쥐고 비틀대다가 무릎을 꿇었다.

"너, 너는 누구냐?"

길상근의 입안으로 피가 괴어 왔다.

"나는 정안군 나리의 호위무사 김소근이다. 사사로운 감정은 없으니 나를 원망하지 마라."

김소근의 칼이 허공에서 백광을 뿌렸다.

"크억!"

길상근은 짐승의 울음소리 같은 괴성을 토해냈다. 그와 함께 길상근의 어깨가 베어졌다. 비린내가 왈칵 풍기면서 어깨에서 피가 분수처럼 솟구쳤다.

쏴아아아.

어둠 속에서 빗줄기가 세차게 뿌리기 시작했다.

길상근이 다시 정신을 차렸을 때는 이숙번의 집이었다. 질퍽한 빗물 사이로 비릿한 피냄새가 왈칵 풍겼다. 길상근은 고개를 들어 이숙번을 바라보았다. 그는 광기어린 모습으로 자신에게 포효하고 있었다. 길상근은 칼에 베인 어깨와 허리가 너무 아팠다. 그때 이숙번의 칼이 빗물을 갈랐다. 그리고 자신의 얼굴 근처에서 피가 폭포수처럼 뻗치는 것이 보였다.

'귀가 잘려 나갔구나.'

길상근은 바닥에 떨어져 뒹구는 귀를 보고 비통했다.

'다시 월악산으로 돌아갈 수만 있으면 소원이 없겠구나.'

시각은 신시(申時, 15~17시) 무렵이었다.

빗줄기는 한양 장안, 조준의 집에도 세차게 쏟아지고 있었다.

쏴아아아.

조준은 세차게 쏟아지는 빗줄기에 귀를 기울이듯 눈을 지그시 감고 있었다.

의흥삼군부(義興三軍府).

한양에 있는 조선의 모든 군사를 지휘할 수 있는 의흥삼군부의 원수인(元帥印)을 하륜이 요구하고 있었다.

정도전과 이방원.

그들이 치열한 권력 투쟁을 벌였다. 정도전은 그에게 남은을 보내 군사를 움직이지 말라는 영을 내렸고, 이방원은 하륜을 보내 원수의 인부(印符)를 요구하고 있었다. 인부가 누구에게 가느냐에 따라 정권의 운명이 바뀐다.

"일반 명주(明珠, 빛이 고운 구슬)라도 청수(清水) 속에 있으면 밝게 보이고, 탁수(濁水) 속에 있으면 어둡게 보이는 법이 아닙니까? 탁수를 도태(淘汰, 불필요한 것을 가려서 버림)하면 본래 청수 속에 있는 것과 다를 바 없게 됩니다. 그러니 그 밝음은 밖에서 찾을 것이 아닙니다. 그 어두움은 고유한 것이 아닌 까닭에 능히 탁함을 도태하는 데 있는 것이 아니겠습니까? 성(性)의 자연에 따른 것이 도이고, 도를 실천해 마음으로 체득한 것이 덕인 게지요."

8월 25일, 유시(酉時, 17~19시)였다. 이방원의 호위무사 김소근이 칼을 들고 하륜의 뒤에서 조준을 노려보았다. 그의 옷은 온통 피로 물들어 있었다. 원수의 인부를 내주지 않으면 김소근이 한 칼에 목을 베어 버릴 것이다. 김소근은 한양 제일의 검사라는 소문이 파다했다.

"대감께 선두에 나서라고 하지는 않겠습니다."

하륜의 목소리가 쇳소리처럼 날카로웠다.

"정도전이 무슨 죄를 지었기에 처단하려는 것이오?"

"공료죄."

"요동을 정벌하는 것이 죄란 말이오?"

"최영도 그 죄목으로 죽었소."

최영 장군도 요동을 정벌하기 위해 군사를 일으켰다가 죽음을 당했다는 하륜의 말에 조준은 마른침을 꿀꺽 삼켰다.

"물론 그것은 표면적인 이유요. 내막은 조선의 주인이 누구냐 하는 것이지요. 대감께서 더 잘 알 것이라 생각하오."

"전하께서…."

이성계가 시퍼렇게 두 눈을 뜨고 살아 있는데 어찌할 것이냐는 물음이었다.

"전하는 정안군의 생친이오. 무탈할 것이오."

하륜이 토막을 치듯이 잘라 말했다. 조준은 모든 일이 끝났다고 생각했다. 자신이 인부를 내주지 않으면 죽여서라도 가져갈 것이다. 조준은 떨리는 손으로 인부를 꺼내 하륜의 앞에 놓았다.

의흥삼군부 원수인.

한양의 모든 군사를 움직일 수 있는 원수인을 본 하륜의 눈이 크게 떠졌다.

"그럼 물러가겠습니다. 새 날에 밝은 하늘을 보시려거든 칭병(稱病)을 하고 누워 계십시오."

하륜이 원수인을 감싸 안고 자리에서 일어섰다. 하륜의 말은 조준에게 협박이나 다를 바 없었다.
'조선에 언제까지 비가 내릴 것인가?'
조준은 빗속으로 사라지는 하륜과 김소근을 보면서 한숨을 내쉬었다.

사방이 칠흑처럼 캄캄하게 어두웠다. 정도전은 송현으로 가기 위해 심효생과 말머리를 나란히 했다. 조금 전까지 억수같이 쏟아지던 비가 그쳤으나 사방은 여전히 축축한 물기에 젖어 있었다. 군데군데 길이 패이고 도랑물이 콸콸대고 흐르는 소리가 들렸다. 정도전은 돌덩어리를 얹어놓은 것처럼 가슴이 무거웠다. 자시(子時. 밤 23시~1시)가 되면 궁궐로 왕자들이 모일 것이다. 그리고 이들을 제거하기 위해 군사를 출동시켜야 한다. 군사들에게 출동하라는 영을 내렸으면서도 남은의 집으로 가는 것은 무거운 가슴을 달래기 위해서다.
이방원을 제거하는 것은 사병 혁파로 인한 것이다. 이방원이 사병을 거느리고 있는 한 언젠가는 세자를 제거하고 난을 일으킬 것이라는 것이 대신들의 생각이었다. 대신들은 이방원이 배다른 형제인 세자를 없애고 군주가 되려고 하기 때문에 제거해야 한다고 생각했으나, 정도전은 이방원이 철저하게 백성들 위에 군림하려는 군주가 되려고 하기 때문에 제거되어야 한다고 결심했다. 이방원이 군주가 되면 신권 정치가 위태로워지는 것이다.
'백성이 가장 귀하고, 사직은 다음이고, 군주는 가장 가볍다.'
정도전은 자신의 목숨을 잃는 한이 있어도 백성을 따를 것이라고 생각했다.

정도전이 소나무 고개에 오르자 만호 한양 장안이 한눈에 내려다보였다. 그믐이 가까운 탓인지, 구름에 가려져 있는지 달은 뜨지 않았다. 그러나 어둠 속에서 오밀조밀하게 들어찬 민가에서 꽃이 핀 듯 수많은 불빛이 반짝이고 있는 것이 보였다.

'참으로 먼 길을 달려왔구나.'

정도전은 소나무 고개에서 한양 장안을 내려다보면서 감회에 젖었다. 정도전의 감독 하에 건설한 도읍이다. 도읍 건설은 수십 년이 걸리게 마련인데 정도전은 불과 몇 년 만에 도읍을 건설했다. 그 험난한 역사를 하면서 지칠 줄을 몰랐었다. 이제 남은 것은 요동 정벌이다. 그러나 요동 정벌을 반대하는 조준과 사병 혁파를 반대하는 이방원을 생각하자 가슴이 무거웠다.

순간, 초목들 사이에서 그토록 보고싶던 정몽주의 얼굴이 정도전의 시선에 들어왔다.

'달가 형님, 제가 주원장과 맞서지 않았다면 조선의 내일은 어찌 되었을까요? 대국과 맞서 싸우려면 희생양이 되는 신하도 있어야 하지 않겠습니까? 재상 정치는 신하가 권력을 잡는 것만이 아니라 통치의 모든 책임까지도 지는 거였습니다. 제 신념을 이해해 주실 수 있겠습니까?'

이번에는 이숭인의 해맑은 미소가 보였다.

'숭인아, 나는 불심을 비판한 게 아니었다. 다만 세속의 영역으로 끌어들이고 싶지 않았을 뿐이다.'

그는 양손을 모아 잠시 합장을 했다. 그러자 스승 이색이 다정다감한 표정으로 그를 바라보았다.

'스승님, 이 나라는 새벽녘의 서늘함이 자욱합니다. 하지만 곧 아침이 다가올 것입니다. 제가 새벽녘에 뿌려졌던 그 모든 피를 안고 가겠습니다.'

후두둑.

잠시 멈췄던 빗줄기가 다시 초목을 두드리기 시작했다. 정도전은 양손을 하늘 높이 올렸다. 하늘을 비를 통해 그의 온 몸을 적셨다.

"삼봉, 무엇을 생각합니까?"

심효생이 그에게 다가왔다.

"그저 내가 어디까지 왔나 생각했소."

"여기는 소나무 고개입니다. 노상 다니던 길인데 모르겠습니까?"

심효생이 웃으면서 말했다. 정도전은 대답하지 않고 어둠만을 노려보고 있었다.

"어디를 보고 있습니까?"

"한양을 보고 있소."

그러나 정도전의 눈은 한양 건너 북쪽 하늘을 보고 있었다. 저 멀고 먼 천리 밖에 요동이 있다. 군사 훈련이 끝나고 군량이 충분히 비축되면 요동을 정벌하기 위해 출정해야 한다.

'과연 내가 제국을 건설하여 천하를 경영할 수 있을 것인가?'

정도전은 회의가 일어나고 있었다. 이 작은 나라, 건설한 지 10년도 되지 않은 나라에서 파당이 빚어지고 있었다. 조준은 사람들을 규

합하여 요동 정벌을 반대하고 이방원은 사병 혁파를 거부하고 있었다. 국론을 통일하지 않으면 결코 요동으로 진격할 수 없다.

'참 많은 일을 했구나.'

위화도 회군으로 인한 최영의 제거와 우왕의 폐위, 그리고 토지 개혁, 조선 건국으로 이어지는 숨 가쁜 역사의 중심에 항상 그가 있었다. 아니, 그가 역사의 물줄기를 이끌었다. 그 과정에서 정몽주와 이숭인이 죽고 이색은 깊은 산속으로 은거했다.

"정안군은 대임을 맡을 만한 분입니다."

하륜은 정도전에게 이방원과 손을 잡을 것을 요구했다.

"정안군은 성군이 될 수 없네."

정도전은 하륜에게 냉랭하게 말했다.

"그게 무슨 말씀입니까? 정안군은 문무를 겸비한 분이 아닙니까? 어린 세자가 무엇을 알겠습니까?"

"세자는 나의 꿈을 방해하지 않을 것이네."

"대감의 꿈은 이루지 않았습니까? 역성혁명을 이루고 새 나라를 건설했습니다. 역사에 남을 일을 한 것입니다."

"정안군을 따르는 것은 역사를 왜곡하는 것이네. 정권을 찬탈하는 것에 지나지 않아."

"대감!"

하륜의 얼굴이 하얗게 변했다.

"나의 꿈은 왕조를 바꾸는 것이 아니라 위민(爲民) 정치네. 백성들이 잘 사는 나라를 만들기 위해 신권 정치를 해야 한다는 것일세. 백성을 따르는 정치를 해야 하네."

"대감, 권력은 무서운 것입니다."

"그렇지. 그러니 자네는 군주를 따르게. 모두가 왕에게 충성하더라도, 나는 백성에게 충성하겠네."

정도전은 오랫동안 교분을 나눈 하륜과 갈라섰다. 하륜은 총명한 인물이었으나 이방원의 책사로 활약하고 있었다.

다시 빗줄기가 멎고, 하늘이 맑아졌다.

'날씨가 변덕을 부리는구나.'

정도전은 비를 피하다가 우두커니 하늘을 쳐다보았다. 그때 말발굽 소리가 요란하게 들리더니 정도전의 아들 정유(鄭游)와 정영(鄭泳)이 다급하게 달려왔다. 정도전은 말을 멈추고 두 아들을 돌아보았다.

"아버님, 의흥삼군부가 정안군에게 넘어갔습니다."

정유의 말에 정도전은 가슴이 철렁하면서 눈앞이 캄캄해져 왔다.

"그럴 리가… 조준이 배신을 했다는 말이냐?"

심효생이 깜짝 놀라 정유와 정영을 쳐다보았다.

"대감, 하륜이 호위무사를 데리고 와서 원수인을 강탈해 갔다고 합니다."

정영이 흥분을 감추지 못하고 소리쳤다. 원수인을 빼앗기다니. 조준이 어찌 이와 같은 실수를 하는가. 정도전은 뜻밖의 상황에 경악했다.

"큰일 났구나. 대감, 속히 삼군부로 갑시다."

심효생이 당황하여 정도전에게 말했다. 정도전은 미처 대답을 하지 못했다. 조준이 원수인을 지키려고 했다면 결코 빼앗기지 않았을 것이다.

'조준이 정안군과 나 사이에서 눈치를 보고 있었던가? 유리한 쪽에 붙기 위해…….'

정도전은 가슴이 답답하여 주먹으로 두드렸다. 이상하게 한마디도 할 수 없었다. 정도전은 눈을 부릅뜨고 심호흡을 했다.

"늦었습니다. 삼군부 군사들이 벌써 경복궁으로 향했다고 합니다."

"경복궁에는 이무와 박포가 있다. 그들이 삼군부를 막을 것이네."

정도전이 가까스로 호흡을 진정시키고 낮게 말했다.

"아버님, 이무도 배신을 한 것 같습니다."

정영의 말에 정도전은 또다시 가슴이 컥 하고 막히는 기분이었다. 삼군부가 하륜에게 장악되고 경복궁을 시위하는 이무가 넘어갔다면 오늘 밤의 거사는 이미 실패한 것이다.

'내가 이렇게 끝나는가?'

정도전은 묵연히 하늘을 쳐다보았다. 비가 그치고 하현달이 떠오른 하늘은 푸르다 못해 희디흰 빛을 한양 장안에 흩뿌리고 있었다.

"대감, 대책을 세우셔야 합니다."

심효생이 정도전을 재촉했다. 정도전은 고개를 흔들었다. 삼군부를 이방원 일파가 장악했다면 더 이상 어떻게 해볼 도리가 없다.

"대감, 술이나 마십시다. 남은 대감이 기다리고 있지 않습니까?"

정도전이 심효생을 향해 쓸쓸하게 웃었다. 공허하고 허탈해 보이는 웃음이었다.

"목숨이 오락가락하는데 무슨 술입니까?"

"대감, 죽음은 선비가 신념을 표현하는 최후의 수단이 아니겠습니까? 무엇이 두렵단 말입니까?"

정도전의 말에 심효생이 지그시 입술을 깨물었다. 그도 이미 돌이킬 수 없는 상황이라는 것을 눈치 채고 있었다.

"아버님, 이대로 당하고 있을 수 없습니다. 저희들이 가서 군사들을 모아 대항하겠습니다. 아우야, 가자."

정유가 정영에게 말하고 황급히 말머리를 돌려 어둠 속으로 달리기 시작했다. 정도전이 그들에게 무슨 말인가 하려고 했으나 이미 저만치 달려가고 있었다.

'성질도 급하기는… 자식놈들과 작별인사도 못 나누는구나.'

정도전은 두 아들이 어둠 속으로 달려가자 망연자실했다.

"갑시다. 이제 좀 있으면 자시가 지나겠지요. 자시가 지나면 달빛이 더욱 그윽할 것입니다."

심효생이 말을 몰아 앞서 가기 시작했다. 정도전도 느릿느릿 어둠 속으로 스며들어 갔다. 이내 정도전의 모습이 캄캄한 어둠 속에 묻혀 버리고 말발굽소리만 따각거리고 들려오다가 멎었다.

자시가 지나고 있었다. 하륜은 팽팽한 긴장감을 느끼면서 말 위에 앉았다. 마침내 죽이지 않으면 죽어야 하는 정변이 시작된 것이다. 조선을 건국한 태조 이성계와 조선을 경영하는 정도전을 제거하기 위한 거사였다. 하륜은 그들을 생각하자 숨이 막히는 듯한 기분이 들었다.

그들은 하륜이 범접하기 어려울 정도의 거목들이다.

'나는 삼봉 형님과 같은 국가를 위한 백년대계는 없다. 나는 권력을 원할 뿐이다.'

하륜은 어릴 때부터 정도전을 보고 자랐다. 그에게는 자신이 감히 생각조차 할 수 없는 원대한 꿈이 있었다.

어둠 속에서 횃불을 든 군사들이 소리 없이 경복궁을 향하였다. 익안군 방의(芳毅), 상당군 이백경, 회안군 방간 부자(父子)도 또한 말을 타고 달려와 합류했다. 이거이(李居易), 조영무, 신극례, 서익(徐益), 문빈(文彬), 심귀령(沈龜齡) 등도 수하들을 이끌고 달려왔다. 이들은 모두 이방원을 추종하는 인물들이다.

이방원은 잔인한 인물인 것 같으면서도 친화력을 갖고 있었다. 그에 비해 정도전은 친화력이 없었다. 천재의 오만함이랄까. 독선적인 생각을 할 때가 많았다.

"오늘의 일은 어찌하면 되겠는가?"

이방원이 말을 달려 삼군부 둑소(纛所, 원수기[元帥旗]가 있는 곳)의 북쪽 길에 이르러 이숙번에게 물었다.

"일이 이미 이 지경에 이르렀으니 적을 두려워할 필요가 없습니다. 왕자님께서 군호(軍號, 암호)를 내려주십시오."

이숙번이 눈에서 살기를 뿜으면서 외쳤다. 산성(山城)이란 두 글자의 군호를 내린 이방원이 삼군부의 문 앞에 이르자 군사들을 동원하라는 영을 내렸다. 하륜은 조준에게 빼앗은 원수인으로 전령들에게 영을 전달했다. 전령들이 어둠 속에서 신속하게 각 군영으로 달려갔다. 이방원은 바짝 긴장한 채 어둠을 노려보았다. 그러는 동안 이방원을 지지하는 군사들이 속속 달려왔다.

"궁문을 열라!"

하륜이 경복궁을 지키는 광화문의 병사들에게 소리를 질렀다.

"이미 문이 닫혔으니 열 수 없다."

문루(門樓)를 지키던 수문장 봉원량이 대답했다.

"역모가 일어났으니 이를 진압해야 한다. 속히 궁문을 열라."

하륜과 이숙번이 번갈아 소리를 질렀으나 봉원량은 문을 열지 않고 있었다. 하륜은 초조해지기 시작했다. 날이 밝으면 그들이 정변을 일으킨다는 사실을 알게 되어 토벌하려는 군사들이 몰려올 것이다. 하륜은 긴장 때문에 손바닥에 진땀이 배어났다.

"어찌하면 좋겠는가?"

이방원이 초조하고 불안한 기색으로 이숙번에게 물었다. 언제까지나 왕궁시위대와 대치하고 있을 수는 없었다. 거사의 성공이냐 실패냐가 한순간에 결정되기 때문에 장내에는 무거운 긴장감이 감돌았다. 거사가 실패하면 참여한 자들은 모두 참수형을 당하고 가족들은 노비로 전락한다.

"정도전, 남은, 심효생 등은 대궐에 없습니다. 간당(姦黨)이 모인 장소에 찾아가서 그들을 모조리 죽이면 적들은 우두머리가 없어서 우왕좌왕할 것입니다. 그들을 처치하면 우리에게 승산이 있습니다."

이숙번이 결의에 찬 목소리로 주장했다. 이미 이무에게서 정도전의 위치를 확인한 그들이었다.

"좋다. 즉시 남은의 첩 집으로 가서 정도전 일파를 주살한다. 이숙번과 김소근, 강상인은 나를 따르라."

이방원은 이숙번과 호위무사들에게 영을 내렸다.

"예!"

이숙번과 호위무사들이 일제히 대답했다.

"공이 이곳을 지휘하시오."

이방원은 하륜에게 군사들을 지휘하여 경복궁을 에워싸게 했다.

"속히 다녀오십시오."

하륜은 떨리는 목소리로 대답했다.

'삼봉 형님, 시작은 아득한데 끝은 가깝습니다.'

하륜은 자신의 왼쪽 눈을 어루만졌다. 이방원이 이숙번과 호위무사들을 데리고 송현으로 달려갔다.

송현에 이르자 정도전을 감시하던 이숙번의 부하들이 어둠 속에서 나타났다.

"안에 누가 있는가?"

이숙번이 무사에게 물었다.

"정도전, 남은, 심효생이 있습니다."

남은의 집을 감시하던 무사가 대답하였다. 이방원이 말을 멈추고 먼저 보졸과 김소근 등 호위무사들에게 그 집을 포위하게 했다. 이숙번이 옆집에 불을 지르자 집을 지키던 남은의 호위무사들이 일제히 뛰어 나왔다.

"불이다!"

남은의 무사들은 당황하여 이리저리 뛰어다니며 소리를 질렀다.

"역적들을 모조리 죽여라!"

이방원이 칼을 뽑아들고 명령을 내렸다. 이방원의 호위무사들은 일제히 함성을 지르며 남은의 무사들을 공격했다.

"적이다!"

남은의 호위무사들도 칼을 뽑아들고 이방원의 호위무사들과 맞섰다. 어둠 속에서 맹렬하게 불길이 치솟고 비명소리가 처절하게 울려퍼졌다.

춤사위도 떨리고 노랫가락도 가늘게 떨렸다. 참 예쁘게 생긴 여인이구나. 정도전은 치맛자락을 버선발로 차면서 너울너울 춤을 추는 여인을 홀린 듯이 바라보았다. 이름이 부용(芙蓉)이라고 했다. 나이는 열아홉, 개경의 어느 기루에 있는 것을 남은이 첩으로 들였다. 정녕 아름답구나. 추수처럼 서늘한 눈에 옥처럼 흰 살결, 앵두처럼 붉은 입술… 너울너울 춤을 추는 모습이 한 떨기 꽃과 같았다.

밖에서는 비명소리와 함성이 난무하고 있었다.

"물러가거라."

남은이 떨리는 목소리로 말했다. 그제야 남은의 첩이 살포시 허리를 숙여 보이고 방을 나갔다. 잠시 방 안에 어색한 침묵이 흘렀다.

"대감들께서는 피하지 않을 생각입니까?"

정도전이 침묵을 깨뜨리고 남은과 심효생에게 물었다.

"정안군이 거병을 했는데 어찌 살기를 바라겠소?"

심효생이 수염을 쓰다듬으면서 대답했다.

"대감, 우리가 저들에게 패한 것입니까?"

남은이 착잡한 눈빛으로 정도전을 바라보았다.

"죽는 것은 패한 것이 아니지요."

"그러면…?"

"이번 거사로 요동 정벌이 중지되면 그것이 패하는 것이오."

정도전은 요동 정벌이 실패로 돌아가는 것이 못내 아쉬웠다.

"대감의 꿈이 부질없게 되었구려."

"조선은 이제 두 번 다시 요동 정벌을 주장하지 못할 것이오."

또다시 무거운 침묵이 흘렀다. 밖에서는 병장기 부딪치는 소리와 비명소리가 더욱 커지고 있었다.

"대감."

"예."

"대감께서 시 한 수 읊으시지요."

남은의 말에 정도전이 눈을 지그시 감더니 시를 읊기 시작했다.

조존 성찰 두 가지에 공력을 다 기울여
책 속의 성현을 저버리지 않았노라
삼십 년 이래에 근고를 다한 업이
송정에 한번 취해 허사가 되었네

정도전이 지은 이 시는 〈자조自嘲〉라는 제목을 갖고 있다. 정도전은 시를 통해 자신의 일생을 마무리했다. 공자가 70세의 나이에 비로소 깨달았다는 대자유의 경지, 종심소욕불유구(從心所慾不踰矩)… 하고 싶은 대로 다 해도 규범과 울타리를 벗어나지 않았다는 경지에 이르기 위해 평생을 부단히 노력했다는 사실을 밝힌 것이다. 이러한 경지에 이르기 위해서는 두려워하는 마음으로 자신을 살피는 계구(戒懼), 가냘픈 내면의 불씨가 꺼지지 않도록 보존하는 조존(操存), 인간의 존엄에 대해 깊이 성찰하는 심사(心思), 마음을 가꾸어 대지를 적시고 들판을 태우도록 하는 양심(養心), 마음의 본래 지식과 힘을 발휘하는 진심(盡心)의 단계를 지나야 한다.

이는 중국 송(宋)나라 때의 문신 진덕수(眞德秀)가 마음(心)에 대해 성현들의 격언과 학자들의 의논을 모아 주석으로 삼은 《심경心經》이라는 책에서 나온 말로, 조선시대 유학자들이 마음을 수련하기 위해 반드시 읽어야 할 책이 된다.

정도전은 죽음을 앞두고 비록 요동 정벌이 실패했어도 자신이 평생 동안 추구했던 가치를 심경에 빗대어 설명하고 있는 것이다. 남은과 심효생은 정도전의 시에 감동하여 한동안 입을 열지 못했다. 그들은 정도전의 시로 마음의 평화를 얻을 수 있었다.

"고맙소. 우리가 먼저 나가 보겠소."

남은과 심효생이 눈짓을 주고받더니 밖으로 나갔다. 밖이 조용했기 때문에 남은의 호위무사들이 모두 살해되었다는 사실을 알 수 있었다.

문득 밖에서 빗소리가 들리기 시작했다. 달이 구름 사이로 떠오르는 것 같았는데 또 비가 오고 있는 것인가. 참으로 변덕이 심한 날씨였다.

문득 아내 최 씨의 얼굴이 떠오른다.

정도전은 방 안에 단정하게 앉아서 아내 최 씨를 생각했다. 열일곱 살, 꽃다운 나이에 정도전에게 시집을 와서 평생 그를 받들면서 내조해왔다. 개경에서 둘째라고 하면 서러워할 정도의 미인이었으나 그가 재산을 모으지 않았기 때문에 그녀도 남루한 삶을 살 수밖에 없었다. 그래도 거문고를 좋아하고 그와 시를 읊는 것을 좋아했다. 때때로 정도전은 아내 최 씨와 함께 대작을 하면서 시름을 달래었다. 아내는 봄이면 냉이를 뜯어 국을 끓이고 백 가지 꽃으로 술을 담가 정도전을 즐겁게 했다. 아내는 지금쯤 잠을 자고 있을까. 아니, 그가 귀가하지 않았으므로 거문고를 타고 있을 것이다. 빗소리 사이로 남은과 심효생의 처절한 비명소리가 들렸다. 그들이 이방원 일파에게 살해되고 있는 것이 분명했다. 하늘마저 슬퍼하여 비를 내리고 있는 것이리라. 최 씨의 청초하면서도 단아한 얼굴이 가뭇하게 떠올랐다.

바람 앞의 촛불이리라.

정도전이 죽음을 당하면 최 씨는 역적의 부인이니 공신들에게 노비로 주어질 것이다. 최 씨는 그런 치욕을 견디지 못하고 스스로 목숨을 끊을 것이 분명하다.

'아내야말로 나의 지음이었어.'

정도전은 최 씨가 진정한 지음이라는 것을 한 번도 의심하지 않았다.

'우리 내세에서 만납시다.'

정도전은 천천히 술잔을 들었다. 최 씨에게 작별인사를 하는 것이다. 최 씨가 타는 거문고 소리가 이명인 듯 하늘에서 들려오기 시작했다.

'아름답구나.'

정도전은 아내에게 작별을 고하면서 마음속으로 울었다. 그녀의 고운 웃음소리가 귓전에 찰랑거리는 것 같았다.

하늘이 무정하구나.

손잡고 가슴에 보듬어 주면서 작별할 시간도 주지 않고 나를 데려가시는가.

정도전은 천천히 술잔을 들어 한 모금 마셨다. 그때 문이 벌컥 열리고 이방원이 피 묻은 칼을 들고 들어왔다. 그의 뒤에는 김소근과 강상인이 서 있었다.

"무엇을 하고 있소?"

이방원이 정도전을 비웃듯이 노려보았다. 그의 칼에서 피가 방바닥으로 흘러내리고 있었다.

"기다리고 있었습니다."

정도전이 다시 술을 한 모금 마셨다. 정도전의 표정이 지나치게 태연하여 이방원의 칼을 쥔 손이 떨렸다. 김소근과 강상인이 핏발이 선 눈으로 정도전을 쏘아보면서 칼을 치켜들었다.

"무엇 때문에…?"

"조선경국전… 비록 요동 정벌은 중지하더라도 조선을 다스리는 요체는 경국전이 되어야 합니다."

정도전이 눈을 감았다. 이방원의 손이 표 나게 떨렸다.

"봉화백, 이제 그대의 이름은 조선에서 영원히 역적의 대명사로 불리게 될 것이오."

"무덤 속에서 걸어 나올 때도 있겠지요."

그때 이숙번이 밖에서 서둘러야 한다고 소리를 질렀다.

"잘 가시오."

이방원은 눈을 질끈 감았다. 그것을 신호로 허공을 가르는 바람소리가 일면서 김소근의 칼이 정도전의 목을 내리쳤다. 비명은 없었다. 정도전의 목에서 피가 분수처럼 솟구치면서 목이 떨어졌다.

정도전.

조선을 건국하고 《조선경국전》에 의해 민본정치를 실현하려던 불세출의 사상가이자 정치가인 정도전은 이렇게 하여 제1차 왕자의 난 때 유명을 달리했다.

十八 · 후서(後序) — 거인의 그림자

정도전의 신념은 유산이 되어 후대의 그림자가 된다. 혐오와 흠모 사이에서 그는 불멸의 지위를 획득한 셈이다.

정도전을 살해한 이방원은 경복궁으로 달려갔다. 정도전이 죽었다는 사실이 알려지고 왕궁 안에 있던 이무가 이방원의 진영으로 넘어오면서 경복궁 앞에서 팽팽하게 대치하던 왕궁시위대에 균열이 일어났다. 결국 박포가 이방원에게 가담하고 조준과 우정승 김사형까지 이방원의 진영에 합류하면서 왕궁시위대는 순식간에 무너졌다.

이방원의 난군은 왕궁에 진입하여 내시와 궁녀들을 닥치는 대로 죽였다. 대궐이 비명소리와 군사들의 함성으로 아비규환의 생지옥으로 변해버렸다. 이방원은 세자 이방석과 왕자 이방번을 살해하고 태조 이성계를 연금했다. 정도전과 가까이 지내던 대신들이나 장군들도 모두 살해되었다.

정도전의 아들 정유와 정영은 정도전과 헤어진 뒤에 군사를 동원하러 가다가 유병(遊兵)에게 살해되고, 정담은 집에서 자기의 목을 찔러 죽었다.

정도전의 부인 최 씨에 대해서는 알려지지 않고 있다.

왕자의 난 당시, 스물두 살의 나이로 용인 현령을 지내고 있던 정도전의 손자 정래(鄭來)는 평택의 한 마을로 도망가서 가문을 보존한다.

제1차 왕자의 난이 성공하자 둘째 형 이방과가 즉위하여 정종이 되었다. 그러나 조정과 군사에 대한 실권은 이방원이 갖게 된다.

이방원은 제2차 왕자의 난을 일으킨 뒤에야 조선의 제3대 국왕 태종으로 즉위한다. 그는 주원장에게 약속했듯이 요동 정벌을 취소하고 군사 훈련을 중단시켰다. 그러나 정도전이 지은 《조선경국전》은 불태우지 않았고 그가 단행한 개혁 조치들도 그대로 유지하였다. 또한 그는 신권정치를 주장한 셋째 아들 충녕대군(세종)을 세자로 삼았다.

세종의 총애를 받았던 집현전 학자 신숙주(申叔舟)는 정도전이 끝까지 복을 누리지 못한 것을 안타까워하며 다음과 같은 글을 썼다.

"개국 초기를 당하여 무릇 큰 정책에 있어서는 다 선생이 찬정(贊定)한 것으로서 당시 영웅·호걸이 일시에 일어나 구름이 용을 따르듯 하였으나 선생과 더불어 견줄 자가 없었다."

수양대군은 1455년 단종을 몰아내고 즉위하여 세조가 된다. 그는 1460년(세조 6)부터 《조선경국전》을 모태로 하는 《경국대전經國大典》의 편찬을 시작했다. 《경국대전》은 1474년(성종 5)에 비로소 완성되어 마침내 조선은 정도전이 꿈꾸었던 신권 중심의 통치 구조를 완성한다.

1589년, 시인이자 정치가인 송강 정철은 정여립의 난을 조사한다면서 1천여 명에 이르는 선비들을 잡아들여 가혹하게 고문하고 제거했다. 그는 정여립의 난에 길삼봉이란 자가 참여했다면서, 그의 행방을 자백하라고 최영경(崔永慶)을 비롯한 많은 사대부들의 목숨을 빼앗았다. 서인이 동인을 몰락시키기 위해 조작한 이 사건은 조선의 4대 사화(士禍) 때 죽은 사람들의 수를 모두 합친 것보다 더 많은 사망자를 낳았다. 이 사건이 기축옥사(己丑獄事)다.

　정도전의 학문적 재평가는 정조시대부터 비로소 이루어진다. 정조는 영을 내려 기존 서책에 누락된 원고들까지 수집하여 《삼봉집》을 재구성하였다. 그리고 흥선대원군은 드디어 정도전을 무덤에서 걸어 나오게 한다. 그는 조선의 개국자 정도전에게, 조선의 마지막 군주인 고종을 통해 훈작(勳爵)을 회복시키고, 문헌(文憲)이라는 시호와 함께 유종공종(儒宗功宗)이라는 편액을 하사하였다.

　제왕에 가려진, 공신의 지위에 숨겨진, 조선의 진정한 개국자, 정도전은 이렇게 조선을 관통하였다.

(끝)

작가의 변辯

고독한 혁명가이자 위대한 사상가,
정도전과의 대화

    정도전은 1398년 8월 26일 밤 송현, 속칭 소나무 고개의 어둠 속으로 걸어 들어가서 다시는 밝은 빛이 있는 곳으로 나오지 못했다. 그의 무덤은 너무나 깊고 캄캄한 조선왕조 5백 년이었다. 오랜 시간이 지난 후에야 정도전은 비로소 개혁가로, 정치 사상가로, 위대한 문인으로 무덤 속에서 걸어 나올 수 있었다. 최근의 학자들은 그를 집중적으로 조명해 단행본과 논문의 수는 이제 수백 편에 이를 정도가 된다.
    그렇다면 무엇이 그를 학자들의 연구 대상이 되게 했는가? 그것은 정도전이 5백 년 조선왕조의 초석을 놓고, 그의 개혁 사상이 오늘날에도 여전히 유효하기 때문이다.
    따각따각….
    내 머릿속에서는 아직도 어둠 속으로 걸어가고 있는 정도전의 모습이 흑백영화의 한 장면처럼 희미하게 떠오른다. 정도전은 많은 대신들의 반대 속에서도 요동 정벌을 추진하고 사병 혁파로 왕자와 공신들과 대립했다. 결국 제1차 왕자의 난이 발발하여 정치적 동료인 남은의 첩 집에서 이방원 등에게 살해되었다. 그가 죽으면서 요동 정벌은 끝내 실현되지 못하고 꿈으로 끝이 난다.

그 후, 정도전은 조선왕조 내내 사면이 되지 못했다. 그가 신권정치를 주장했기 때문에 그러한가. 그렇지가 않다. 사실은 그가 요동 정벌을 준비했기 때문이다. 명나라에 철저하게 사대(事大)를 하고, 천자의 나라로 칭송하던 조선의 고루한 성리학자들이 정도전의 복권을 허용하지 않았기 때문이다. 정도전의 《조선경국전》은 오히려 세조 때에 새롭게 편찬되기 시작하여 성종 대에 이르러 《경국대전》으로 완성되면서, 그 뜻을 꽃 피웠다.

그는 흙으로 돌아갔으나 그의 정치 철학과 사상은 조선왕조의 근간이 되었고 영원성을 갖게 된 것이다.

그가 건국한 조선은, 5백 년을 면면히 이어 오면서 찬란한 문화를 남겼다. 왕권과 신권이 서로 견제하면서 오늘날의 내각책임제라고 할 수 있는 재상 정치를 실현했다. 이는 정도전이 자신의 저서 《조선경국전》에서 밝힌 이상과 포부를, 결국은 죽은 뒤에 실현한 것이다.

정도전은 1342년(충혜왕 복위 3)에 충청도 단양 삼봉(三峰)에서 태어났다. 아버지와 고려의 대학자 이곡(李穀)은 교우관계가 있어서, 정도전은 그의 아들 이색(李穡)의 문하에서 수학했다. 이색은 그 당시 쟁쟁한 문명을 떨치고 있었다. 고려 말의 유학자들이 대부분 그의 문하에서 배출되었다고 해도 과언이 아닌 인물이다.

정도전은 1383년 9년 동안의 곤고한 유랑 생활을 청산하고 당시 동북면도지휘사로 있던 이성계를 함주 막사로 찾아가서 인연을 맺는다.

정도전이 이성계를 찾은 것은 자신의 정치적 신념을 실현시키기 위해서였다. 정도전은 이성계와 손을 잡으면서 자신의 원대한 구상, 제국 건설과 천하경영의 꿈을 실천해 나가기 시작한다. 1388년 6월, 위화도 회군으로 이성계가 실권을 장악하자 밀직부사로 승진해 조준 등과 함께 혁명적으로 전제개혁을 실시하고 조민수 등 구 세력을 제거해 조선 건국의 기초를 닦았다.

그리고 정도전은 배극렴, 조준, 남은 등 50여 명과 함께 이성계를 추대해 조선 건국의 주역으로 활약했다.

조선 건국 후에는 한양으로 천도를 하고 토지, 관제 등 많은 개혁을 실시한다. 1396년 이른바 표전문 사건으로 명나라에서 이를 트집 잡아 내정을 간섭하자, 전부터 추진해 오던 요동 수복 운동에 박차를 가해 군량미 확보, 진법훈련, 사병 혁파를 적극적으로 추진했다. 그러나 이방원과의 대립으로 인해 목숨을 잃어 요동 수복 정책이 끝내 실패로 돌아간 것은 많은 아쉬움이 남는다.

정도전은 문학적으로 뛰어났고, 《조선경국전》과 《경제문감》을 지어 올리는 등 정치, 경제에도 해박한 지식을 가졌던 인물이다.

뜰앞에 꽃다운 국화가 있어
뭇 풀 속에 가려 있네
봄을 만나 제각기 아름다움 다투니

뉘라서 외로운 포기 돌보리

어느덧 가을이라 서리 눈 내려

으시시 구슬픈 바람이 많네

온갖 물건 다 시들고 병들었는데

아름다운 빛 홀로 싱싱하구나

꽃을 따려 해도 차마 못 따고

서성대며 속으로만 느껴보네

언제나 두려워라 풍설이 와서

저 뭇 풀과 함께 시들까 싶어

정도전이 남긴 〈뜰 앞의 국화庭前菊〉라는 시다. 정도전은 문무를 겸비한 사상가이면서 학자이고 실천적인 정치가였다. 성격이 호방해 혁명가적 소질을 지녔으나 천재의 오만함도 갖고 있었다. 그는 개국 과정에서 자신의 위치를 중국의 한나라 장량에 비유하면서 '한 고조가 장자방을 쓴 것이 아니라 장자방이 한 고조를 쓴 것이다.'라고 주장하여 실질적인 조선 개국의 주역은 자신이라고 강조했다.

정도전은 요순의 이상향을 꿈꾸었고 백성들이 등 따습고 배부른 세상을 꿈꾸었다. 자신의 권력을 위해서가 아니라 백성들을 위하여 민본 정치를 실현하려고 했다. 요동 정벌도 명나라가 안정되지 않은 틈을 타서 고구려와 발해의 고토를 회복하여 동북아시아의 강대한 제국을 건설하고자 한 것이었다.

정도전은 단순한 책사나 지략가가 아니었다. 그는 문인이고, 사상가이자, 정치가였다. 그런가 하면 경제와 군사에 있어서도 해박한 지식을 갖고 있어서 '근세 지성'의 표상이라 할 수 있을 것이다.

이 소설은 장장 3년이라는 긴 세월이 걸렸다. 1년에도 몇 권씩의 책을 출간하여, '다작 작가'라는 말까지 듣고 있는 나로서는 뜻밖의 난산이었다.

하루는 작업실로 출근하는 지하철에서 그동안 세 번이나 퇴고했던 이 소설의 원고를 들고 잠이 들어버렸다. 얼마나 잠을 잤을까. 덜컹거리는 지하철에서 잠이 깨자, 내 앞에 수많은 정도전이 나를 지켜보고 있는 게 아닌가?

그것은 죽은 정도전이 아니었다.

살아 있는 당신들이었다.

여말선초기라는 시대의 격변기가 작금의 풍랑기와 동일시되었고, 그 속에서 삶의 격전을 벌이는 현대인들의 고단함과 치열함이 겹쳐 보이기 시작했다. 정도전이 눈물과 함께 죽는 날까지 계속 전진했듯, 당신들도 가난한 소주 한 잔에 삶의 시름을 떨쳐내고 또다시 전진하고 있지 않은가? 그럼에도 정도전이 조선 시대 내내, 역적의 이름으로 불렸듯이, 당신들 역시 정당한 박수를 받지 못하고 있지는 않은가? 나는 벼락을 맞은 듯한 기분이 들었다.

나는 당신들에게 박수를 보내고 싶은 마음에 그때까지 작업했던 모든 원고를 용도폐기했다. 수많은 무가지 사이에서 그 원고가 사라져 가는 모습을 보며, 나는 신념을 떠올렸다. 나의 신념이 아니라, 당신들 제각각의 신념들 말이다. 당신들이 가슴에 품고, 고단함을 치열함으로 바꿔주는 신념. 그 신념이 나를 다시 정도전의 신념으로 인도했다.

결국 최초의 원고와는 너무나도 다른, 여말선초의 정도전에 대한 글이 아니라 지금의 정도전들에게 고백하는 내용으로 책을 쓰게 되었다.

나의 빈곤한 상상과 투박한 자료 분석으로 만들어 낸 이 책은 평년과는 달리, 유난히도 추웠던 2010년의 봄에 탈고했다. 그리고 탈고 후에도 봄을 만끽하지 못하고 바로 여름을 맞이해 버렸다. 정도전과 함께하는 동안 나는 지나치게 추웠고, 과도하게 더운 계절만 보냈다. 그로 인해 봄이 사라진 계절의 한복판에서 나는 이제야 당신들에게 고백한다. 나도 당신들처럼 치열하게 신념을 갖고 살고 싶다고. 나는 진심으로 당신들을 흠모한다고. 당신들이 나의 정도전이라고. 죽은 정도전이 내게 가르쳐준 신념이다.

박수는 내가 먼저 당신들에게 보낸다.

끝으로 팩트와 픽션은 다르고, 소설은 픽션이라는 사실을 독자들이 알아주기 바란다. 역사 인물들 중에서 일부 내용은 소설적 허구로 묘사한 부분도 있다.

강호 독자 제현의 격려를 바란다.

정도전 연보

일러두기

이 연보는 《왕조의 설계자 정도전》(한영우 저, 지식산업사, 1999년 발행)의 부록 〈정도전 연보〉와 《정치가 정도전》(최상용·박홍규 지음, 까치 출판사, 2007년 발행), 한국학중앙연구원에서 편찬한 《한국민족문화대백과(韓國民族文化大百科, Encyclopedia of Korean Culture)》를 바탕으로 정리하였다.

정도전(鄭道傳)의 자는 종지(宗之)이며 호는 삼봉(三峰)이고 시호는 문헌(文憲)이다. 그는 봉화호장 공미(公美)의 고손자로, 형부상서 운경(云敬)의 맏아들로 태어났다. 선향(先鄕)은 경상북도 영주다. 아버지와 이곡(李穀)의 교우관계가 인연이 되어, 이곡의 아들 색(穡)의 문하에서 수학하였다. 정몽주(鄭夢周)·박상충(朴尙衷)·박의중(朴宜中)·이숭인(李崇仁)·이존오(李存吾)·김구용(金九容)·김제안(金齊顔)·윤소종(尹紹宗) 등과 교유했으며, 문장이 왕양혼후(汪洋渾厚)해 동료 사우의 추양(推讓)을 받았다.

1세 1342(충혜왕 복위 3)

영주(榮州) 출신의 산원(散員) 우연(禹淵, 혹은 禹延)의 딸을 어머니로 하여 3남 1녀 가운데 맏이로 출생함. 동생은 도존(道存, 혹은 道尊)과 도복(道復). 아마도 도(道)를 전하고, 도를 간직하고, 도를 회복하라는 뜻으로 3형제의 이름을 지은 듯함. 당시 부친 정운경은 홍복판관으로 재직 중.

18세 1359(공민왕 8)

부친 정운경이 형부상서에 오름.

19세 1360(공민왕 9)

성균시(成均試)에 합격. 이 무렵 부인 최 씨를 맞이함.

20세 1361(공민왕 10)

장자 진(津) 출생.

21세 1362(공민왕 11)

10월 진사시 합격.

22세 1363(공민왕 12)

봄 충주목의 사록(司錄)에 임명됨.

23세 1364(공민왕 13)

여름 개경에 돌아와 전교주부(典校主簿, 종7품)에 임명됨. 〈고의古意〉 등의 시를 씀.

24세 1365(공민왕 14)

왕의 비서직인 통례문지후(정7품)로 전임됨.

5월 공민왕은 승려 신돈을 등용해 국정에 참여케 함.

25세 1366(공민왕 15)

1월 부친상을 당함. 이어 12월 모친상을 당하여 고향인 영주에 내려가 3년간 여묘살이를 함.

두 동생과 남방 학자들을 가르침.

정몽주가 《맹자》를 보내 주어 정독함.

26세 1367(공민왕 16)

신돈이 성균관을 다시 설치하게 함.

주원장은 국호를 명이라 정함.

28세 1369(공민왕 18)

삼각산(三角山) 옛집으로 돌아옴.

〈원유가遠遊歌〉를 지어 공민왕이 노국공주를 위해 지은 영전(影殿) 건설 공자를 풍자함.

29세 1370(공민왕 19)

이존오(李存吾)가 부여에서 삼봉으로 오자, 그를 위해 시를 써줌.

이색을 중심으로 제공(諸公)들이 성균관에서 강론한다는 소식을 듣고 개경으로 온 정도전을 제공들이 천거하여 성균박사(정7품)에 제수됨.

30세 1371(공민왕 20)

7월 신돈이 처형당함.

〈추야秋夜〉 등의 시를 씀.

제사의식을 관장하는 태상박사(太常博士)로 특진함.

예의정랑(禮儀正郎, 종6품)으로 옮겨, 성균·태상 두 곳의 박사를 겸임.

33세 1374(공민왕 23)

9월 공민왕이 시해됨, 이 사실을 명나라에 고할 것을 주장하여 친원파 권신 이인임(李仁任)의 미움을 사게 됨.

34세 1375(우왕 원년)

여름 성균사예·예문응교(정4품), 지제교 등을 제수받고 문한직을 수행함.

5월 〈감흥〉이라는 시를 씀.

권신 이인임(李仁任)·경복흥(慶復興) 등과 북원(北元) 사신을 맞이하는 문제로 맞서다가 전라도 나주목 회진현(會津縣) 관하의 거평부곡(居平部曲)으로 유배.

12월 유배지에서 《심문천답》 2편을 저술함.

북원 사신을 배척하다가 귀양 도중 죽은 박상충(朴尙衷)을 위해 〈곡번남선생문〉을 씀.

36세 1377(우왕 3)

유배지에서 〈금남잡영〉·〈금남잡제〉 등 여러 시문을 지음.

유배에 풀려나 고향 영주로 가는 길에 장성 백암산 정토사 무열장로의 부탁으로 〈정토사 교류기〉를 지음.

39세 1380(우왕 6)

진주인 하유종(何有宗)을 위해 〈매천부梅川賦〉를 지음.

가을 편한 곳에서 사는 것이 허락되자 삼각산(三角山) 삼봉재로 돌아옴.

40세 1381(우왕 7)

삼각산 밑에 초려(草廬, 三峰齋)를 짓고 후학을 가르쳤으나, 향인(鄕人) 재상이 서재를 철거해 부평으로 이사.

부평에서도 왕모(王某)라는 재상이 별업(別業)을 만들기 위해 재옥(齋屋)을 철거하자 다시 김포로 이사.

이 과정에서 후일 창왕의 왕사가 된 승려 찬영(餐英)과 교유함.

42세 1383(우왕 9)

가을 당시 동북면도지휘사로 있던 이성계(李成桂)를 함주 막사로 찾아가서 그와 인연을 맺기 시작함.

43세 1384(우왕 10)

여름 다시 함주에 다녀옴.

7월 전의부령(典儀副令)이 됨. 9년 만에 벼슬길에 다시 오름.

성절사 정몽주의 서장관이 되어 그를 따라 명나라 금릉에 가서 우왕승습의 승인과 시호를 요청함.

44세 1385 (우왕 11)

4월 명나라에서 돌아와 성균좨주·지제교·남양부사를 역임하고, 이성계의 천거로 성균관대사성으로 승진.

왕사인 태고 보우가 열반하자 그의 비문을 씀(양주 용문산 사라사).

좌주 유숙(柳淑)을 위해 〈제문희공문〉을 씀.

45세 1386 (우왕 12)

6월 명나라를 다녀온 정몽주를 위해 〈포은봉사고서 圃隱奉使藁序〉를 씀.

46세 1387 (우왕 13)

외직을 요청, 남양부사로 나가 혜정을 베품.

8월 정권을 장악해 온 이인임이 노병으로 사직.

47세 1388 (우왕 14, 창왕 즉위년)

1월 최영, 이성계가 염흥방, 임견미를 제거.

우왕은 최영을 문하시중, 이성계를 수문하시중으로 삼음.

3월 명에서 철령위 설치 통고가 옴.

5월 22일 이성계와 조민수가 위화도에서 회군 감행.

6월 창왕이 9세의 나이로 즉위.

이성계 일파가 실권을 장악하자 밀직부사로 승진.

8월 이성계의 천거로 성균관 대사성(3품)에 오름.

10월 〈도은문집서 陶隱文集序〉를 씀.

지공거, 지신사가 됨.

48세 1389 (창왕 원년, 공양왕 원년)

2월 예문관 제학이 됨. 의학서인 《진맥도결》을 지음.

4월 조준(趙浚) 등과 함께 전제개혁(田制改革)을 논의함.

10월 오사충의 이숭인 탄핵.

11월 김저, 정득후 등에 의한 이성계 살해 및 우왕 복위 계획 발각.

이성계·조준·심덕부·지용기·정몽주·설장수·성석린·박위 등과 의논하여 우왕이 공민왕의 아들이 아니라 신돈의 아들이라는 이유를 들어 우왕과 창왕을 폐위시키고 공양왕을 맞아들임. 이 공으로 12월 29일 봉화현 충의군에 피봉되고, 수충논도좌명공신의 호와 100결의 토지를 받음. 재정을 담당하는 삼사좌사(三司左使)로 승진함.

12월 새로 지은 도평의사사의 〈청기廳記〉를 지음.

49세 1390 (공양왕 2)

4월 정당문학(종2품)에 제수됨.

5월 명의 고려 출병을 요청한 윤이, 이초 사건 발생.

6월 하절사로 명에 가서 윤이·이초의 무고(이성계가 명을 치려 한다는 모함)에 대해 변명함.

김종연 일파가 이성계를 살해하려다 발각됨.

9월 공전(公田)과 사전(私田)의 전적 소각.

50세 1391 (공양왕 3)

1월 삼군도총제부가 설치되자 우군총제사에 임명되어 병권의 일부를 장악함.

4월 왕이 구언하는 교서를 내리자, 우왕과 창왕을 옹립하는 데 앞장선 반대파 이색·우현보 등을 탄핵하는 강경한 상소를 올림.

5월 과전법(科田法)을 제정함.

6월 이성계가 사직을 요청.

9월 왕은 그를 평양부윤으로 내려 보냈으나, 곧 반대파는 출신이 미천한 그가 조정을 혼란시키고 국가기밀을 누설했다는 혐의를 씌워 탄핵, 봉화로 유배됨. 두 번째 유배 생활 시작.

10월 가풍이 바르지 못하고 집안 계파가 명백하지 못하다는 이유로 탄핵을 받고, 나주로 이배, 두 아들 진·영이 서인으로 폐해짐.

12월 봉화로 다시 이배됨.

51세 1392(공양왕 4, 태조 원년)

봄 귀양에서 풀려나 고향 영주로 돌아옴.

3월 이성계가 해주에서 사냥하다가 말에서 떨어져 부상을 당함.

4월 고려 왕조를 옹호하던 정몽주·김진양(金震陽)·서견(徐甄) 등의 탄핵을 받아 보주(甫州, 지금의 예천)의 감옥에 투옥. 이유는 "가풍이 부정(不正)하고 파계(派系)가 불명(不明)하다."든가, "천지(賤地)에서 기신(起身)해 당사(堂司)의 자리에 몰래 앉아 무수한 죄를 지었다."는 것으로, 주로 출생을 문제삼음.

4월 4일 정몽주가 이방원(李芳遠) 일파에 의해 격살당함.

6월 개경으로 소환.

7월 12일 공양왕이 왕위를 사양하여 결국 고려 멸망.

7월 17일 남은·조준 등 52명과 함께 이성계를 신왕으로 추대하여 왕조를 개창함.

7월 18일 명조에 조반을 보내 황제의 승인을 요청함.

7월 20일 도평의사사의 기무에 참의하고, 인사를 담당하는 상서사의 일을 참장할 것을 명함.

7월 28일 17조의 '편민사목(便民事目)'에 관한 교서를 지어 중외의 대소신료와 한량·기로·군민에게 교시함(개혁의 기본 방향을 제시하고, 아울러 이색·이숭인·우현보 등 반혁명세력 56명을 극형에 처할 것을 명령). 좌명공신·문하시랑찬성사·동판도평의사사사·판호조사·판상서사사·보문각대학사·지경연예문춘추관사·의흥친군위절제사·봉화군에 임명되어 정치·경제·군사의 실권을 장악함.

8월 13일 이성계, 도당에 한양 천도를 명함.

8월 20일 조준 등과 더불어 나이와 공(功)을 따져 세자를 정할 것을 요청했으나, 왕이 둘째 부인인 강 씨 소생을 세자로 봉할 것을 고집. 결국 배극렴의 주장에 따라 강 씨의 둘째아들 방석(芳碩)을 세자로 정함.

8월 23일 손흥종·황거정 등을 시켜서 이색의 아들인 이종학, 최을의, 우현보의 아들인 우홍수, 우홍명, 우홍득, 그리고 이숭인, 김진양, 이확 등 8인을 곤장 1백 대를 때려 죽임.

9월 16일 문하시랑찬성사로서 개국 일등공신에 봉해져서 2백결의 공신전과 25구의 노비를 받고, 기타 여러 특전을 받음.

10월 9일 무학 자초대사가 태조에 의해 왕사로 임명.

10월 13일 왕명으로《고려사》편찬 시작

10월 25일 이성계의 창업을 알리고 신년 인사를 올리기 위해서 명나라에 계품사 및 사은사로 감.

11월 29일 국호를 '화령'과 '조선'으로 정하여 황제의 재가를 청하는 주문을 명에 보냄.

52세 1393 (태조 2)

1월 19일 태조, 계룡산으로 출발하여 왕도가 될 만한 곳을 찾음.

2월 15일 국호를 '조선'으로 결정.

3월 20일 명나라에서 돌아옴.

4월 《오행진출기도》와 《강무도》를 제작.

5월 23일 흠차내사 황영기 등이 조선의 국왕을 위협하는 명나라 황제의 조서를 가지고 옴. 명과의 긴장 관계가 표면화됨.

7월 5일 문하시랑찬성사로서 동북 면 도안무사에 임명되어 함길도의 여진족을 회유하고, 행정구역을 정리함.

7월 26일 〈문덕곡〉·〈몽금척〉·〈수보록〉·〈납씨곡〉·〈정동방곡〉·〈궁수분곡〉 등 여섯 편의 악사(樂詞)를 찬진하여 태조가 공로를 찬양함.

8월 20일 병서인 《사시수수도四時蒐狩圖》를 찬진함.

9월 13일 재정을 관리하는 판삼사사(종1품)에 임명됨.

11월 9일 절제사들이 거느리고 있는 군사 중 무략이 있는 자들을 골라 이들에게 '진도(陳圖)'를 가르칠 것을 건의.

11월 12일 구정(毬庭)에 군사들을 모아 '진도'를 펴놓고 고각(鼓角)·기휘(旗麾)·좌작(坐作)·진퇴(進退)의 방법을 훈련시킴.

12월 11일 태조, 계룡산 근처의 축성 공사 중지, 도읍지를 다시 구함.

12월 13일 태조의 장남 이방우 죽음.

53세 1394(태조 3)

1월 27일 판의흥삼군부사로서 병권을 장악하고 제독(祭纛, 깃발에 대한 제사)의 행사를 지냄.

2월 29일 판의흥삼군부사로서 병제개혁에 관한 상소를 올림.

3월 3일 판삼사사로서 경상·전라·양광 삼도도총제사에 임명되어 행정구역을 개편.

3월 11일 판삼사사로서 5군에게 '진도'를 강습함.

절제사로서 훈련에 불참하거나 명령을 어긴 자는 처벌하겠다는 교지를 내리게 함.

4월 22일 판삼사사로서 왕에게 매일 아침 정전(正殿)에 앉아 장상(將相)과 더불어 군국사를 함께 논의할 것을 건의하여 윤허를 얻음.

5월 30일 《조선경국전》을 찬진함.

6월 24일 판삼사사로서 〈역대부병시위지제〉를 지어 바침(부위제의 폐단과 부병의 연혁사의를 그림을 곁들여 설명).

명나라로 사행을 떠난 이방원을 위해 〈송시서送詩序〉를 씀.

7월 12일 판삼사사로서 음양산정도감에서 권중화·성석린·남은·정총·하륜·이직·이근 이서, 그리고 서운관원과 더불어 지리도참에 관한 책들을 모아 참고, 산정함.

8월 12일 판삼사사로서 무악(毋岳)으로의 천도를 반대하는 상소를 올리고, 음양술수설을 반박함.

8월 24일 한양으로 천도 결정.

9월 1일 신도궁궐조성도감이 설치되자, 한양에 내려가 궁궐·관아·종묘·사직·시전·도로의 터 등 한양의 도시설계도를 만들어 바침.

10월 25일 한양으로 천도.

10월 28일 한양에 도착.

11월 4일 정도전·조준·남은 등이 병권과 정권을 가진 것에 대하여 불만을 말한 변중량을 체포·구금함.

12월 3일 종묘와 궁궐의 기공식에 참석, 왕을 대신하여 제사를 지냄.

한양 건설을 찬양하는 《신도가》를 지음.

54세 1395(태조 4)

1월 25일 판삼사사로서 정총(정당문학)과 더불어 《고려사》 37권을 찬진함.

3월 13일 세자이사로서 《맹자》를 강함.

6월 6일 판삼사사로서 《경제문감》을 찬진함.

이 무렵, 이무가 전라도관찰사로 임명되자 그를 위하여 《감사요약》을 지어줌.

9월 29일 궁궐(경복궁)과 종묘가 완공됨.

윤9월 13일 판삼사사로서 인왕산·백악산 등을 직접 답사하고, 도성의 성터를 정함.

10월 7일 판삼사사로서 궁궐 여러 전각의 명칭을 지어서 바침. (경복궁·근정전·사정전·교태전·숭례문 등의 이름을 지음.)

10월 29일 낙성된 경복궁에서 왕이 유종공종(儒宗功宗)의 네 글자를 대서특필하여 내림.

11월 11일 정총을 명에 파견하여 인신과 고명을 요청. 이로 인해 1396년 3월 29일에 2차 표전문제 야기됨.

12월 28일 새 궁궐로 이사 감.

55세 1396(태조 5)

1월 9일 도성 축조 개시(2월 28일까지 1차 공사, 8월 6일부터 9월 24일까지 2차 공사)

2월 9일 1차 표전문제 발생. '조선'이란 국호를 결정해준 데 대한 사은표전(謝恩表箋) 속에 명을 모욕하는 '침모지사'(侵侮之辭)가 있다고 해서 문제화됨. 명은 그 작성자를 압송할 것을 명함.

2월 15일 조선조정은 김약항(金若恒)을 명에 보내서, 조선의 성음(聲音)·언어가 중국과 다르고 학문이 천박해 표전체제를 알지 못해 문제가 발생한 것이라고 해명.

3월 16일 판삼사사로서 과거시험 고시관이 되어 처음으로 초장에 경서를 논하는 과목을 넣음.

3월 29일 2차 표전문제 발생. 명나라는 고명(誥命, 임명장)과 인장(印章)을 청하기 위한 주청문(奏請文) 속에 '인용주사'(引用紂事, 중국 은나라 마지막 임금인 주왕의 포악한 정사를 인용한 일)한 것을 무례하다고 주장하며 정총을 억류하고 찬문자와 교정자를 보낼 것을 요구.

4월 19일 한성부 52방의 명칭(坊名)을 지음.

6월 11일 표전문 사건이 문제가 되자 명나라는 정도전을 표전문 찬자로 지목하여 그의 입조를 명함.

7월 19일 나이가 55세인 데다 판삼사사로서 각기병이 있음을 이유로 들어 입조할 수 없음을 명에 통고하는 한편, 표문의 찬자는 정탁임을 알림.

7월 27일 봉화백에 봉해짐. 명의 압력을 무마하기 위해 잠시 관직을 물러남.

8월 13일 세자의 친모인 신덕왕후 강 씨 죽음.

9월 24일 도성 8대문의 이름을 지음.

11월 30일 요동 정벌 운동을 다그치기 위해 의흥삼군부에서 《수수강무도》에 의해 정기적으로 군사훈련을 할 것을 왕에게 상소함.

12월 3일 김사형을 오도병마도통처치사로 삼아 일본의 일기도와 대마도를 치기 위해 병선을 출병시킴.

56세 1397(태조 6)

3월 15일 조준과 더불어 내관(內官)의 호를 세울 것을 청하여 정함.

3월 26일 봉화백으로서 초립을 하사받음.

4월 17일 사은사가 가지고 온 명의 예부 자문 가운데 정도전을 '화(禍)의 근원'이라고 한 표현이 보임.

6월 14일 판의흥삼군부사로서 다시 병권을 장악하고 요동 공격을 목적으로 진도 훈련에 박차를 가하고 왕에게 출병을 요구했으나, 조준·김사형 등은 이에 반대. 남은은 조준을 가리켜 두승출납이나 할 수 있지 대사를 도모할 인물이 아니라고 비난함.

8월 《삼봉집》(홍무초본)을 간행함.

10월 6일 병권을 잃고 봉화백으로 가례도감(嘉禮都監)의 제조가 됨.

10월 16일 새로 설치된 유비고(군수물자 관리)의 제조관이 됨.

이 무렵, 표전문 사건으로 명에 간 정총·김약항·노인도가 강비의 상을 당하여 상복을 입은 것을 이유로 처형당했다는 소식이 전해짐.

12월 16일 조준으로 하여금 판의흥삼군부사를 겸임하게 하여 병권을 넘겨줌.

12월 22일 봉화백으로서 동북면도선무순찰사가 되어 함길도의 주군을 구획하고 성보를 수리하며 호구와 군관을 점검함.

《경제문감별집》 저술.

57세 1398(태조 7)

2월 5일 태조는 함길도에 사람을 보내 정도전의 노고를 치하하고, 음식과 의복을 하사. (송현거사라는 호를 사용.)

2월 16일 함길도 경원부에 성을 쌓음.

3월 20일 동북면도선무순찰사의 임무를 마치고 돌아옴.

태조는 그의 공을 윤관의 9성역보다 크다고 치하함.

남은과 더불어 절제사를 혁파하고, 왕이 친히 군권을 장악할 것을 건의함.

4월 20일 봉화백으로서 권근과 더불어 성균관제조가 돼 현임 및 한량 4품 이하 유신과 삼관(三館) 유생들을 모아 경사를 강습함.

4월 26일 한양과 그 인근지역을 찬양하는 〈신도팔경시〉를 지음.

윤5월 24일 명의 태조 주원장이 죽음. 조선조정은 10월 3일에 알게 됨.

5월 18일 왕이 북량정에서 주연을 마련하고 정도전·이지란·설장수·성석린 등을 불러 봉사의 노고를 위로함.

5월 26일 왕이 내루(內樓)에서 주연을 열어 봉화백 정도전·남은 등과 술을 마시면서 개국의 일을 회상함.

윤5월 28일 국영목장인 양주목장에서 '진도'를 가지고 군사훈련.

6월 24일 환관을 전라도와 경상도에 내려보내 '진도' 강습의 실태를 조사하게 함.

7월 27일 순군천호 김천익을 전라도와 경상도의 각 진(鎭)에 내려 보내 '진도'에 통하지 못하는 첨절제사를 태형에 처함.

8월 1일 왕이 헌사(憲司)로 하여금 '진도'를 익히지 않는 여러 왕자와 남은·이무·상대장군 등을 문책케 함.

8월 3일 태조, 병이 남.

8월 4일 헌사에서 '진도'를 익히지 않는 삼군절제사와 상대장군·군관 등 292명을 탄핵함.

8월 9일 '진도'를 익히지 않는 절제사와 군인들을 태(笞) 혹은 장(杖)을 때림.

남은·이지란·정사길·이천우·이화·방간·방과·방의·방원·방번·이양우 등은 용서.

조준이 요동 공격 중지를 왕에게 건의하여 윤허를 받음.

8월 26일 새벽 2시경 송현(松峴, 지금의 한국일보 부근)에 있는 남은 첩 집에서 남은·심효생·이근·장지화 등과 담소를 나누다가 이방원 군사의 기습을 받아 방원에게 참수당함.

둘째아들 유(游)도 이방원 군사에게 살해되고, 넷째아들 담(湛)은 집에서 자결함.

큰아들 진(津)은 마침 안변의 석왕사에 왕을 따라간 덕에 살아남아서 세종 때 형조판서에 이르는데, 그 후손은 지금 평택에 살고 있음.

셋째아들 영(泳)의 손자 정문형은 후일 우의정에 오름.

정도전의 무덤이 어디에 있는지 확실하지 않으나, 광주 사리현(지금의 양재역 부근)에 있다고 전함.

9월 5일 태조, 방과(정종)에게 양위함.

사후, 1400(태종 즉위년)

1월 28일 2차 왕자의 난 발생.

2월 4일 이방원, 세제에 책봉됨.

11월 13일 이방원, 조선 3대 왕(태종)으로 즉위함.

사후, 1453년(단종 1)

수양대군(首陽大君)이 단종의 보좌 세력이자 원로대신인 황보인(皇甫仁)·김종서(金宗瑞) 등 수십 인을 살해, 제거하고 정권을 잡은 계유정난(癸酉靖難) 발생.

사후, 1455년(세조 1)

수양대군, 왕으로 즉위(세조).

사후, 1460년(세조 6)

재정·경제의 기본이 되는 〈호전戶典〉과 〈호전등록戶典謄錄〉을 완성하며 《경국대전經國大典》편찬 시작.

사후, 1474년(성종 5)

《경국대전》편찬 완성.

사후, 1589년(선조 22)

정여립이 역모를 꾀하였다 하여, 3년여에 걸쳐 그와 관련된 1천여 명의 동인계(東人系)가 피해를 입은 사건인 기축옥사(己丑獄事) 발생. 관련자들을 문초하는 과정에서 모의 주모자로 길삼봉(吉三峯)이 거론됨. 이로 인해 진주에 거주하던 처사 최영경(崔永慶)은 모주인 길삼봉으로 지목되어 옥사.

사후, 1791(정조 15)

정도전의 학문을 재평가한 정조의 명으로 기존에 빠진 글들을 수집하고, 편차를 재구성하여 더 완벽한 《삼봉집》을 간행함. 이것이 현재 널리 이용되는 《삼봉집》임. 정조 때 만든 목판은 현재 경기도 평택시 진위에 있으며, 지방문화재로 지정되어 있음.

사후, 1865(고종 2)

9월 대원군이 경복궁을 중건하면서 대왕대비의 명으로 한양의 설계자인 정도전의 훈작(勳爵)을 회복시켜 주고, 시호를 내려주도록 전교.

사후, 1870(고종 7)

고종은 문헌(文憲)이라는 시호와 함께 유종공종(儒宗功宗)이라는 편액을 하사함.

사후, 1872(고종 9)

후손과 죽산부사 이헌경의 노력으로 경기도 양성현 산하리에 문헌사라는 상당을 지음.

사후, 1912년

후손들이 사당을 현재 평택시 진위면 은산 2리로 옮김.

작가 소개 이수광

소설가. 충북 제천에서 출생. 전형적인 농촌 출신 작가로 작품 속에 서정성이 묻어난다. 1983년 중앙일보 신춘문예에 단편소설로 등단하여 도의문화저작상(소설부문)과 한국추리문학 대상을 수상했고 역사 소설《나는 조선의 국모다》를 발표했다.

계간〈미스터리〉주간을 역임하고 여러 신문에 연재소설을 발표한 바 있다.

《조선을 뒤흔든 16가지 살인사건》,《조선을 뒤흔든 16가지 연애사건》등으로 팩션 역사서 붐을 조성하고《대륙의 영혼 최재형》,《불멸의 기억 안중근》등으로 잊힌 영웅들을 조명하여 독자들에게 감동을 주었다.

그의 시선은 언제나 낮은 곳으로 향하고 있다. 팩션 역사서나 역사소설에서도 항상 민중에게 따뜻한 시선을 보내고 있기 때문에 아름답고 감동적이다.

정도전